蝴蝶
Seba

蝴蝶
Seba

蝴蝶 Seba

蝴蝶
Seba

蝴蝶館 41

瓊曇剎那

Seba 蝴蝶 ◎ 著

elegantbooks

寫在前面：

《瓊曇剎那》是全新設定，和之前任何系列都沒有關係。在文中的任何種族都和其他作品沒有半點關係，請不要問我狐影和管九娘怎麼了……（苦笑）

只是心苗湧現，不得不寫罷了。

第一章

重臨妖界三十一國，從雲端俯瞰，非常乾淨而美麗，像是鑲在藍天底下的翡翠。嚴格來說，妖界依附於人間，頂多算是片飛地，多出來的大陸而已，並不是個完整的「界」。

但這是諸妖族的根本，面積也不輸整個人間，卻不像凡人繁殖力那麼強，算到頂也就幾千萬吧，非常地廣人稀。

穿著九重雲紗的白曇，腰間的玉珮琳琅清脆，踏著桃花枝，翱翔過絲滑的藍空，心底有些恍惚。離開凡間已十載，付出那麼慘痛又重大的代價。但她還是常會拿凡間做比較，原本故鄉的妖界倒像他鄉了。

六千年妖界歲月，竟不如一甲子凡間煙火。她微彎了嘴角，噙著半是愴然、半是傷的溫柔。輕輕拍打自己的臉龐，警告自己要振作。再也不能讓師傅和同門擔心，過去的已然過去。

巧妙的，她做了個之字迴降，飄然落在北山狐族的龐大宮殿，俊俏魅惑的狐族少年侍者上前殷勤問候，將她請入碧波閣——狐族二皇子的寢宮，正在碧波湖之上。

「白曇！」二皇子谷炫激動得大叫，「妳好了？九姑娘遣妳來嗎？」笑得一雙水汪汪的鳳眼更加水靈，狐族皇室固有的天魅更張揚噴薄而出，連她都暗暗喝聲采，所謂艷絕天下，能慵懶得這麼清純又頹廢，真不愧是北山狐家的實際當家人。

她笑著迎上前，谷炫將她抱個滿懷。四千年的交情，也是很不容易的。雖然說他們的緣分有些詭異而啼笑皆非。說起來，還是北山狐王和醫君傅九九的孽緣所致。

醫君傅九九是白曇的師傅，說位階，不過是個地仙；說身分，不過是個神民，和蚩尤還有點遠親關係，但根本就是個稍有異能的凡人修仙罷了。但一個「上可醫神、下可醫鬼」的地仙，本身就非常令人尊敬了。

她卻不只是因為醫術而備受敬畏。基本上，她是個連天人都不敢喘大氣的智者。酬勞可心的話，她甚至可以醫國。不僅如此，世間千般技藝，幾乎無所不知、無所不曉。

更讓人著迷的是，她即使如此聰慧崇高，卻言語和順，溫柔體貼，非常善解人意。與她交談如沐春風，常有各界君主砸極高的代價只求她指點。然而醉翁之意不在酒，天界和魔界時常有使者來懇求她離開妖界，提出的代價令人驚嚇。

但醫君卻依舊在妖界深居簡出，一直困守在寒冷淒清的縹緲峰，任何人要見她都得隔重重紗簾，白曇等於是她養大的，六千年來，只見過她的真面目兩次。

這不是什麼祕密，醫君自己也淡然的坦承。這個幾乎鍾天地間所有靈秀的醫仙，卻醜陋得像是只乾枯的木乃伊。她可醫天、醫地、醫萬物，卻醫治不了自己。

所以她用重重的雲紗包裹，一寸肌膚也不曾露出過，避世隱居。她笑著說，若嚇死幾個還得費神醫治，還是不要的好。她收了六個徒弟和一群殘疾奴僕，靜靜的居住在縹緲峰，如此度過無數歲月。

誰也不知道她年紀多大……不過應該也能追憶世界初萌的年輕歲月吧？她一直都是那麼平穩淡然，受人景仰。千萬年來心下無塵……誰也沒想到她會陰溝裡翻船。

四千五百年前，北山狐王的王妃過世，北山狐王谷仲悲鬱成疾，幾乎快死了。

狐族有數個族裔，北山狐並不是最顯赫的一族——遠比不上九尾狐族，算是個中上的氏族罷了。原本這樣的世家致疾，最多派白曇出來看病就已經是很尊敬的待遇了。

但不知道是命數還是註定，二皇子谷炫親來請醫，聲淚俱下，將北山狐王的絕痛表達得淋漓盡致，居然打動了醫君，讓她破例親自出診，救了已經打回原形、內丹已裂的北山狐王谷仲。

結果舊疾才去，又添新病。多情的北山狐王戀慕了高潔慈悲的醫君，向來淡定的醫君嚇得逃回縹緲峰，閉門不出。北山狐王自慚自愧，欲捨難捨，只好遣谷炫當使者致送書信禮物，醫君連谷炫都不敢見，差了白曇去會客。

就是這個孽緣，白曇和谷炫才會熟起來。他們倆都是大剌剌的豁達少年少女，非常投緣，常結伴闖禍。雖然狐王和醫君終究無緣，雖然長大之後各奔前程，但這段年少締結的友情，卻一直純潔芳香如梔子花，不曾被歲月磨去一絲半點。

谷炫擁了她一會兒，臉色大變，「……白曇！妳怎麼……妳的肉身呢？妳的修為呢？魂魄的裂痕是怎麼回事?!」

白曇輕笑一聲，「小事，休養個幾千年就好了。」她欣賞著自己雪白的手，「還能瞞你半刻鐘，可見我師傅這白玉化身已臻化境了。」

谷炫沉下了臉，「當初我就不贊成妳去修個鬼天仙……天界都是耍我們的！妳又是個凡人修仙，沒背景的！妳瞧瞧那群混帳把妳弄成什麼樣子……」

她的笑模糊了些，「……倒也不能怪天人。是我自個兒傻，自貶入凡，去人間打滾了一甲子。」

「所以傳言是真的囉？」谷炫的聲音冷了，「妳和一個破爛天官下凡吃苦？」

白曇咬了咬唇，坦然認錯，「吃苦的只有我。他舉報我私自下凡，免罪了。」看谷炫氣得發抖，白曇啞然失笑，「對不起。真的。我的愚蠢讓我所有的朋友、親人都難過了。我真的很抱歉……再不會這樣了。」

谷炫被她嚇了一大跳，眨著眼看這溫潤如玉、和煦如風的美麗好友。他認識白曇一輩子，知道她的美麗清純只有外表，裡頭宛如烈火，最是任性使氣。雖然常常被她氣得暴跳如雷，但谷炫實在喜歡她內在的火爆。

但她熄滅了。成為天仙不到百年，當中臨凡花了一甲子。她就徹底熄滅，遍體鱗傷，死了大半個回來。

「谷炫，我沒事。」她安慰的捏捏谷炫的手臂，「我都好了，能醫你老爹、替你們補結界哩！狐王陛下近來如何？」

谷炫心底實在難受極了，但也不想反招她傷心，順著她轉話題，「他哪有什麼病？醫君願意嫁給他，就什麼病都好了。妳說說這算什麼事兒……狐族害相思病!!我都不好意思出門見人了……一個沉迷修煉的瘋子大哥，一個癡情的老爹。北山皇室剩我一個撐場面！幸好小爺我還風流倜儻，不然真把北山狐族的臉丟個精光了。狐狸精不狐媚還叫狐狸精……他們倆乾脆結伴出家去算了！」

「你大哥還修啊？」白曇啼笑皆非，「你大哥不是都修到狐仙了，還修啥？」

「修聖哪！」谷炫不知道該哭還是該笑，「妳聽過誰修聖修成的？幸好他還願管外政，不然我真的會被這對不成材的父子活活累死！抓個北山內政我就想撞牆……不如妳嫁我吧，白曇。」

「誰理你啊！」白曇頂回去，「別以為我不知道，你討的那些皇妃、側妃都是幫你做牛做馬的。我沒興趣當你第十九個倒楣鬼。」

「沒那麼多了，有幾個改嫁了，我還送嫁妝哩。」谷炫笑嘻嘻的拉她頭髮。

白曇笑了。她這好友幾千年不變，沒心沒肝的。不過狐族本性多情，道德觀和別個妖族不同，無可厚非。但他們能這麼要好，就是能夠互相容忍歧異，不勉強對方。「你就別真愛上，瞧瞧你爹，那可是淒慘落魄。」

「我可愛妳了，也沒多慘啊。」谷炫挽著她的手臂，「走走走，我讓侍兒準備了，去泡泡澡，等等咱們來個不醉不歸。」

「哪次醉了你不把我當枕頭啊？」白曇糗他。

「妳還把我當沙包哪！我都沒抱怨，惡人倒先告狀啦！」

像是百年的分別不存在，他們說笑而去。最少白曇不會讓谷炫發現有什麼不同。

＊　＊　＊

最終沒能大醉。

谷炫的皇妃、側妃們衝進碧波閣，一整個熱鬧。白雲心底好笑的自斟自飲，齊人之福也不是表面上看起來那麼風光明媚，加上一堆外戚的推波助瀾……那更是永無寧日。

直到皇妃怒氣沖沖地抓住白曇的袖子，她眼神一肅，淡淡的望向皇妃……那個嬌豔媚麗的狐族佳麗，將她認了出來，撲通一聲跪下來，「白、白曇大人……」

嘩啦啦，跪了一地，只剩下谷炫很尷尬的站著。

她撐著臉頰，笑了起來。虎死威猶存？「黛兒，不用這麼怕吧？我也才活剝一次妳的皮……現在看起來沒落下什麼後遺症啊。」

皇妃乾脆五體投地，蹦蹦的磕頭了，一臉驚惶的淚。

「瞧妳把我的老婆都嚇成這樣。嘖嘖……」谷炫搖頭。

白曇飲盡杯中酒，「誰沒年少不懂事的時候？找個地方給我睡覺，酒讓你欠著吧……我得留上一年呢，還怕沒得醉死？」

「誰醉死還不知道呢？」谷炫懶懶的笑，喚了侍者帶她去岸邊的翠微樓。

一站起來，所有的人都無法遏止的顫了顫。白雲不禁好笑，少年時實在太鬧騰了，鬧騰到被視若蛇蠍。

她謝絕了侍者的暗示，只要了一壺酒。不是矯情，侍者是個修長嬌弱如荼蘼的少年，擁有狐族蝕骨的嬌媚。但她的師傅管束弟子非常嚴格，交往還睜隻眼閉隻眼，若是貪一夕之歡、無行浪蕩，依門規是要被禁錮後打上百棍。

不管是活了幾萬年，擁有多崇高的地位，她的師傅到底是神民末裔，心靈上更是個脆弱的少女。她沒辦法忍受一點點污穢，更不能忍受門派弟子沾上一絲半點的壞名聲。

她們這些同門，其實是抱著一種寵溺又好笑的心情，維護師傅嬌嫩的面子。

眺望著遼闊的湖面，她含著冰冽又火燙的金黃酒液，天上湖內，雙華相映。

嗚咽一聲，悠然簫音越水而來，她撐著臉傾聽，空冷寂寥。

雖然看不見，卻感到一道無情無緒的視線從很遠的地方逼視而來，簫聲驟然停止。

啊！大概是大皇子谷熾。只有他才能給予這麼大壓力吧？那道視線注視了很久才移開，天地間又是一片空寂。

她和谷炫這麼要好，和他大哥卻見不到兩次面，幾乎忘記他長什麼樣子。這兩兄弟性情只能說是南轅北轍。谷炫熱情如火，對這世界抱著極大的好奇和熱情。狐王追求醫君，在他看來是天大的好事，最少多情的父王沒因為喪妻悲憂而死。

但谷熾枉費了那個火燙的名字，個性非常冰冷嚴肅，更對母喪不久，父親就去追求醫君的行為非常憤怒。

為此他迴避所有跟醫君有關的人，所以白曇常來北山皇宮，卻只見過他幾次而已，連面容都沒看清楚過。沒想到這麼久了，這傢伙還這麼記恨，連簫聲都不給聽的。

若是以往，她大概會把琵琶抱出來，惡作劇的彈上整夜，氣氣谷熾。

但現在……在凡間苦苦折磨過的現在，已經失去那種少年氣盛的心性了。

仰首喝掉最後的殘酒，倚在欄杆，閉目感受清風明月。

白曇還是很有禮貌的打招呼，「谷熾殿下。」

他的聲音冰冷，毫無溫度，「父王不同意少牢？」

「他堅持要用太牢。」白曇坦承。

宛如刀裁的墨黑雙眉蹙攏，低喝，「胡鬧！」拂袖而去。

白曇啞然片刻，這位殿下非常欠缺禮貌。這個樣子搞什麼外政……北山狐族沒被滅亡真是不簡單。不過他今天會強忍住厭惡過來，應該是情況有點壓不住吧？

醫君在妖界是個超然的存在。不掌握任何實權，但國與國之間有巨大摩擦，在戰爭之前，都會習慣性接受她的仲裁調解。妖界三十一國也以邀請到醫君門人祝祭為榮。

祝祭其實是種修復國際邊境結界的儀式，分為太牢和少牢兩種。一般來說，每種妖族都有諸長共主。比方說，狐族眾多，但居長的是九尾狐族，當享太牢之典。北山狐族這樣中上的氏族，應該使用少牢之典才對。

但是醫君和北山狐王決裂之後，卻給了北山狐族選擇，狐王總是選擇太牢。

這是一種高層次（但很幼稚）的嘔氣。九尾狐族不能忍受這種接近叛逆的囂張，更擔心原本中立超然的醫君真嫁去北山，使得狐族之長的地位轉移，不免蠢蠢欲動。

北山狐王則是甘願自毀名聲，讓人說他圖謀以下犯上，才對醫君百般示好，用毀壞的名聲和岌岌可危的國勢逼迫醫君理他。

白曇一直覺得這些大人真是無聊到不能再無聊，卻又覺可憐可愛。大概是活得太久，不做些幼稚的事情，生活沒什麼可期盼的。

但倒楣的都是他們這些可憐的小輩啊……這人生。

還是通知大師姐去安撫一下九尾狐族吧……為了這點破事打起仗來，未免可笑。

太牢祝祭要進行一整個月，從本月十五進行到下月十五，每十二年舉行一次。

祝祭的方法並不複雜，同族皆須貢獻一綹頭髮，而醫君門人從日落紡紗織布，月已中天則止。直到月布完成，族長協同祝祭，就完成了。

她的師傅只要花十二天就可以完成妖界三十一國的祝祭，不費吹灰之力。她們這群不中用的弟子，得瓜分三十一國，累得要死，才能夠完成。

少年時，白曇總是不斷抱怨，紡紗織布是件枯燥又無聊的事，天性好動的她覺得很受罪。但現在……她卻覺得這樣不停的織下去，也是種平靜的生活。

紅塵一甲子磨掉了她所有的火性。

月光下，溫潤如玉的女子，投織弄梭，織著百種毛色的花布，衣襟帶著雪白的月光。

像是月夜暗暗綻放的曇花，自開自落，無人知曉。

* * *

北山像是白曇的另一個故鄉，生活得很自在。谷炫每天忙得足不著地，但若有點時間都跑來找她講個兩句話。

「白曇，妳越來越能安排自己了。」谷炫寵溺的揉揉她的頭髮，「以前妳早鬧到翻天喊無聊，現在真是乖。」

「去忙你的吧！」白曇發笑，「家事、國事、天下事，哪樁你不用關心的？既然回來了，就不會亂跑啦！不用抽空就跑來盯著。」

谷炫低笑幾聲，「這樣妳也看得出來，鬼靈精。」轉身跑去忙他的。

笑著笑著，白曇的笑模糊了。當初怎麼捨得谷炫，捨得師傅和師姐師妹，千辛萬苦的修仙入天呢？不就是少年氣盛，讓人捧幾句天才就一頭栽下去嗎？年輕的時候為何會這樣愚蠢？

突然覺得心慌，覺得煩躁，魂魄一直癒合得很糟糕，總是有破碎的縫隙。追悔逝去的歲月毫無用處，但她總有流淚的衝動。

再也看不下一個字，她擲開膝上的書。明媚的夏日午後……不如去採半夏。北山半夏又稱夏精，藥性最純又對時節。她順手提起藥籃，折了枝桃花就踏風而去，直奔北山境內的埋劍丘。

妖界一直地廣人稀，北山狐族更是人煙稀少。埋劍丘不甚高，卻特別荒涼。

相較北山境內宛如煙雨江南的柔美富庶，埋劍丘一帶就顯得貧瘠了。這兒只有低矮的灌木，唯一盛產的就是半夏。而半夏不是什麼珍貴藥材。

但這杳無人煙的鬼地方，卻傳來一絲淡淡的血腥味。帶絲腐壞和奇特香氣，有些像是散功解體前的瘀血。

撥草尋徑，血腥味越來越濃。等她找到臥在血泊的傷者，不禁無語問蒼天，很想扭頭就走。這不是我們尊貴又驕傲的谷熾殿下嗎？他都是有狐仙資格的人了，怎麼會在這流血玩兒？

瞧瞧身邊七零八落的屍體，可見是一場惡戰。她翻過谷熾，一診脈，眉毛高高的挑了起來。

好傢伙，一點外傷也沒有……卻走火入魔了。細查經脈，更啼笑皆非。這位哥哥不知道在練什麼神功，居然一傢伙封住自己的天魅。狐狸精欸！就算修到狐仙也是狐狸精，比任何種族都要求陰陽調和。狐王那麼癡情絕對，身邊都還有三、五個侍寢，這是種族天賦，一點也強求不來。

結果這位哥哥硬要逆天，逆到天魅反噬。說出去會被人笑死……致死的緣故講白了，就是活活憋死的。

谷熾長長的睫毛顫動了一下，緩緩睜開。沾著幾點鮮血的雪白臉龐，襯著濃豔霞暈，有種驚心動魄的絕麗。

有那麼一瞬間，谷熾的眼神像是飢餓的野獸，讓活了六千年的白曇有些發寒。

「……是妳？」他說不出是鬆口氣還是更提心弔膽，「走開。」

白曇溫順的離開幾步，「谷熾殿下，還有什麼遺言要交代？」

鳳眼睜圓，強自壓抑著怒氣和另一種強烈的痛苦，「……送我回宮。」

「回到有人煙的地方都要一頓飯的時間，你只剩下一刻鐘了。」她心底懊悔。早知道就不要來……不然早點、晚點都好。怎麼會挑這種時候去碰上。

谷熾大怒，想說話卻只覺得嗓眼甜腥，哇的一聲吐出一大口黑血。

白曇全身一僵。完了，真讓這傢伙死掉，她怎麼跟狐王和谷炫交代？他們家雖然吵吵鬧鬧，感情卻很深。時間一分一秒的流逝……

「醫者父母心。」她掙扎糾結了好一會兒，「事急從權，暫且『亂倫』一下好了……」

「什麼？」吐完那口黑血，他經脈更紊亂，神智也有些昏迷。

「醫者如父母，病家如子女。」白曇硬著頭皮說，「你是天魅反噬，得……那個陰陽調和。方圓百里內，你找得到其他的女人嗎？所以我才說得亂倫一下……」

谷熾的表情像是被人打了一個耳光，滿面屈辱。被他看得火氣上湧，白曇握緊著拳頭，竭力克制一拳打死他的衝動，「不然你直接說遺言吧，我保證……」

他卻伸手抓住白曇的裙裾，落下一抹血痕，強忍著痛苦，「請妳救我。」

……谷炫啊谷炫，兄弟為你可是犧牲大了。我居然得捨身飼你們家的冰山老虎……真是倒楣透頂啊！

她是很想儘快草草了事，可惜遇到一隻餓太久的狐狸精。若不是谷熾傷重，她使盡全力毆打了他一頓，喚回那隻狐狸精的理智，差點被採捕個乾淨。

從凡間回來已經先天不足，這下又後天失調，起碼被採掉了一半的功力……真是史無前例的倒楣！

虛弱不堪的爬起來，她只能扎隻草馬幻化，用令人唾棄的速度往皇宮奔去。心情低落，真氣虛空，回去不知道要灌多少藥才補得回來。短時間內想御劍飛行……不可能。

在她身後的谷熾一路都很沉默，只問了一句，「妳是白玉化身？」

氣真不打一處來。敢情還嫌棄？「嗯。」她冷冷的回了一個字。

跑足了一天一夜才看到宮殿模糊的輪廓，白曇心底更加煩躁。可好了，儀式中斷。得等到下個月的同一天才能接起來……也差不多吧，她暗暗嘆口氣。

「我有恩必報。」谷熾的聲音依舊冰冷。

「那就不用了。」白曇的聲音也沒什麼溫度，「我不忍讓谷炫傷心，才出手救你的。你要謝，去謝谷炫……放心，我不會告訴別人。」

誰不知道谷熾殿下眼高於頂？她也不會沒臉沒皮的跑去跟人說這段倒楣豔遇。

雖然全身酸痛，真氣運轉遲滯，到底還是比走火入魔的谷熾好多了。她偷偷地把谷熾抱到寒竹軒安置，叫了谷炫來，就溜走了。

外面的人只知道醫君那兒有事叫回了白曇大人，儀式暫時停止。只有這兩兄弟明白事實的真相。

谷炫被這天雷般的事實打暈了，哭笑不得。「……老哥啊！你武功蓋世，怎麼會輕易走火入魔？」

「你讓五隻九尾狐圍攻試試？」谷熾瞪他，心底也覺得非常難堪。向來孤傲，又瞧不起囂張任性的白曇。偏偏失身（？）於她，憋著滿肚子邪火。真是屈辱中的屈辱。

「你好好調養吧。」谷炫搔頭愁眉，「白雲不知道會不會被打死……我又走不開啊！我、我、我……唉！我差人去看看，希望九姑娘不要下得狠手……」

「……被打？為什麼？」谷熾驚詫的問。

「九姑娘管他們門人很嚴格……」谷炫坐立難安，「她用這種方法救你，一定是回去領罰了。禁錮後一百棍啊！她又在人間滾了一甲子，魂魄都碎了……不知道傷得如何啊！哎……」

谷熾的心底，有種說不清楚的滋味。他和白雲彼此看不順眼，但這樣不順眼，白雲卻扛著羞辱和笞打來救他。相較之下，他居然不如一個女人的胸襟。

白玉似的嬌嫩身軀，溫涼而潤滑。即使神智半昏，他還記得一點片段。

「幫我準備馬車。」谷熾面無表情的說，「我去縹緲峰。」

白曇趴在床上，為了方便上藥，只蓋了一層薄被。算是師傅格外開恩，沒禁錮就在背上和屁股上均勻打上一百棍。可憐她被採掉了一半功力，才被打得動彈不得。不過甘願做就歡喜受吧……一百棍換條人命，也算好買賣。

幸好師傅沒有生氣，反而笑說有個好徒兒。皮肉之苦……算了。

正痛得睡不著又很想睡的時候，輕輕的腳步聲走了進來。大概是小師妹吧，她閉著眼睛說，「阿藍，幫我點安魂香……痛得我睡不著。」

等了一會兒，甜甜的薰香一直沒點燃。她心底奇怪，「阿藍，妳找不到香嗎？」

「嗯，我找不到。」冰冷的聲音傳來，卻是低沉而悅耳的。不過是男人的聲音。

白曇睜開眼睛，猛然扭頭，牽動傷口又痛得滿頭大汗。雖然只看了一眼……但為什麼是谷熾啊?!

「……你來幹嘛?!」她整個呆掉了。

谷熾雍容又安閒的懸空坐在床前，「求情。不過似乎太晚了。」

走火入魔塞了他腦子的經脈？白曇偏頭看他，「……有這份心就很感激了，感謝谷熾殿下。」

見他面無表情，又動也不動，白曇更納悶，「殿下，我身上有傷待客不便，您也重傷初癒……不如先請回？」

谷熾沒講話，只是冷冷的看著她。

陰陽怪氣！白曇不想理他，才閉上眼睛，谷熾問，「傷得怎麼樣？」

白曇疑惑的睜開眼，走火入魔有專走腦袋的嗎？新病例，太新奇。

「……還好。五天後就可以下床了。」

谷熾落地，臉上毫無表情，內心卻翻騰起來。她……真的是白曇？以前的白曇，恐怕早就挾功邀賞，要她陰險的小心眼。自私自利、毫無羞恥，要得他單純的弟弟團團轉。谷炫就是被她帶壞了！（這是一個哥哥的偏見）

但現在是怎麼了？世界顛倒了！白曇居然會為人著想，客客氣氣，沒半點尖酸刻薄和火氣！

「白曇，妳在玩什麼？」他完全不相信，「妳想要什麼就直說，銀貨兩訖。也不要藉機去要脅谷炫。」

……看起來應該是頭部外傷所致。剛剛被馬踢了腦袋？還是從飛劍上掉下來，腦袋著地？

白曇悶悶的回答，「我說過，因為你是谷炫的哥哥，我才出手相救。你去問谷炫要什麼，你直接報答他就好。我只跟我師傅交代了事情經過，沒提名字。放心好了，不會有人知道。」

坦白講，沒有其他狐狸精會蠢到發生這種荒謬的走火入魔。偏著頭很吃力，她把頭埋回枕頭，「……殿下，你若願意，聽我一聲勸。你出身狐族，就是這樣的體質。封住天魅真的很……很不智。你若覺得關係太複雜有礙修行，又不想娶妻，那就交個女朋友吧……」

不要再弄出這種笑死人丟狐狸精臉的走火入魔。

谷熾沒有講話，她也快睡著的時候，覺得後背一涼，薄被被掀開了。她猛然驚醒，「喂喂，你在幹嘛?!」她困難的想扭頭，卻痛得眼淚汪汪。

「看看妳的傷。」他的聲音還是冷，但已經有些溫度了。

雪白的背交錯青紫豔紅，非常可憐。有的打得重了，中間蒼白，兩側瘀血，腫得很高。

「……給我留點面子好不好？」忍了忍，白曇還是叫了，「雖然是白玉化身，好歹我也是女的！」

谷熾沒把被子拉上，褪到腰際，「妳的身體很美。」

忍住劇痛，白曇滿頭大汗的拖著被子爬起來窩到床角去，「是誰放你進來的！」這傢伙吃錯藥了，跑到這兒調戲她?!

「醫君讓我來的。」他淡漠的說，「我請她給我一個機會，她給了。」

……師傅啊！妳能不能不要那麼少女啊？

後背和屁股痛得像是火在燒，她這姿勢真支持不了好久。想想這個孤傲的狐族皇子大概被那個以後心情非常不愉快，所以自暴自棄了。

她絞盡腦汁的安慰，「那個……你不用太介意。不是說事急從權嗎？你就當作是跟個玉作的假人……呃，總之，生命還是可貴的，不會有人知道。」

谷熾沒有回答她，反而說，「妳趴著，我幫妳上藥吧！妳身上的藥都蹭到被褥裡了。」

「不敢勞駕……」白曇趕緊擺手。

「妳若乖一點，還有被子蓋。」谷熾交疊皙白的手指，「雖然我還帶傷，但要擺平妳還滿簡單的。」

「……你威脅我？」白曇與其說是憤怒，不如說是震驚。雖然非常不熟，但也是認識的。今天的谷熾是怎麼了，完完全全不像了！

「不，我會付諸行動，怎麼算威脅？」他非常平靜的說。

白曇更暈，但縮在床角的姿勢真的撐不住了。齜牙咧嘴的趴下，薄被褪到腰際，谷熾取了傷藥，細細的抹在背上。

等背都塗好了藥，谷熾停了手。「強封天魅，的確不是我們狐族修煉的正途。」

白曇點了點頭。

「但我有我的目標，成仙不是終點。」他語氣平和的說，「所以我不娶妻、不納妾，一來是我沒時間心力去攪和感情的事情，光國事和修煉就吃掉我所有時間了。二來，我不想玩弄任何人的感情。這是一種業，妨害我未來的度劫。」

白曇翻了翻白眼。修煉瘋子果然是修煉瘋子。什麼目的和行為都歸依於此。

「白曇，坦白說，我們彼此都不喜歡對方。我也不會騙妳說我對妳著迷什麼的……但妳的身體真的很美，就算被打成這樣還是很漂亮。抱著妳的感覺很不錯，妳要跟我在一起嗎？若妳需要名分我可以娶妳，妳需要修煉我可以跟妳共修。凡人似乎都講究獨一無二，我保證不會跟其他人有瓜葛。只是我大約不會愛上妳。」

……他怎麼能夠用這麼平靜沉穩的語調講這麼驚駭的內容啊？白曇一臉見鬼的模樣看著谷熾。「你是在哪撞到頭的？」

這個冰冷孤傲的谷熾殿下居然微微笑了一下。冰天雪地的北極瞬間成了百花齊放的愛琴海。

囂張張狂的白曇居然嚇成這樣，挺有趣的。

「我很清醒並且理智。」他難得和藹的說，「若我們的關係定下來，最少以後妳不會挨醫君的打。」

白曇沒好氣，「我想找遍全妖界三十一國也找不出這麼新奇有趣的走火入魔。」

「嗯，我是獨家。」谷熾心平氣和的說，「我還指望下次找妳救治呢！」

「等等。」白曇把臉埋在枕頭裡，「我被你繞暈了，我想想……你在做什麼?!」

「妳腰以下也得上藥。」谷熾淡淡的說，一面把薄被往下拉。

白曇厲聲說，「別使這種小伎倆了！」悶了一會兒，「時限呢？」

「我度劫失敗或妳想離開。」谷熾看著她。

「……成交。上藥吧！」白曇別開臉，閉上眼睛。

才得以生還。

至於白曇，她師傅給了她一個奇特的指南針，倒還可以進出自如。只是她剛去養傷時，只能趴著，也沒什麼進出問題，只是吃得很不好，她很悲傷。

北山皇宮本來就有為數不少的侍者僕從，但谷熾完全不要活人進入寒竹林。而役使的無生命傀儡……能夠運送物資無誤就已太強，不要指望他們煮飯了。谷熾一心求道，也無心飲食。頭一天白曇看到擺上桌的一碗黑芝麻、一碗白芝麻、一碟松子、一缽清水……真的以為谷熾在報仇。

但咱們谷熾殿下帶著颯爽冰清的氣質，優雅的坐在桌前吃著芝麻、松子，喝清水……白曇羞愧的感到自己居然以小人之心，度君子之腹。

「……你討厭熟食嗎？」白曇拿著勺子，卻不知道怎麼吃下去。

「不討厭。」谷熾殿下看著公文卷軸，一面極具皇家風範的……吃芝麻。

「那你喜歡吃生食？」

「不喜歡。」他優雅的輕拭嘴角，算是用過早餐了，「方便。」

吃了一天的五穀雜糧（小米也生食會不會太誇張啊?!），忍無可忍的白曇第二天就掙扎著下床，到廚房熬粥、煮花生、醃黑豆。

終於吃到有鹹味的食物，讓她感慨得熱淚盈眶。谷熾沒說什麼，自動自發的自己盛粥，吃飯看公文，看她擱筷子，「不吃了？」

「飽了。」

他把剩下的半鍋粥都吃完了，吩咐傀儡把碗盤洗好，收收公文，走了。

白曇呆了一秒，追了出去，「喂！殿下，你中午和晚上回不回來吃？」這個食量可怕了，吃不吃給句話啊！

他凌厲的看過來，「留飯。」就非常瀟灑的走了。

……我是回來養傷，不是來給你當廚娘的啊！混帳！

罵是這樣罵，中午她還是煮了大鍋的白米飯，跟御廚要了肉和蛋，滷了一大罈。挖了寒竹林的筍，煮了一鍋新鮮的雞皮竹筍湯，和一盤附近採的野荇菜。

剛拿起筷子，目瞪口呆的看著一秒不差的谷熾。他面無表情的坐下，自己盛了大碗的白米飯，優雅沉默的開始吃了起來。

讓她崩潰的是，她原本預計要吃三餐的滷肉，總共只吃了一個蛋、兩塊肉，其他的都進了谷熾的肚子裡……應該說，這頓根本沒有剩菜，也沒有剩飯。

吃這麼多，他纖瘦緊實的肚子一點都沒有走樣，甚至沒有絲毫不適。到底他把食物吃到哪裡去了……？

「妳的背有血。」谷熾瞥了瞥白曇，「我還有點時間，去把衣服脫了。」

血？白曇朝後摸了摸，有些溼潤。應該是做飯的時候使力，擦破棒傷了。她乖乖的脫掉上衣，趴在床上等上藥。

「……都不會不好意思？」他冰冷的聲音帶著嘲諷，「脫得這麼熟練？」

白雲輕笑一聲，「此身非吾所有。」

等了一會兒，谷熾沒有說話，她轉頭看，他才取了藥上前，替她塗藥時，使力卻非常輕柔。原來這冰山也有溫柔的時候，真是完全沒想到。

「別又使力弄裂傷口。」他淡淡的吩咐，「晚飯我帶回來。」

結果晚飯成了宵夜，還是她睡熟了硬被叫起來吃。之後她就很認命的煮三餐，畢竟她總是要吃的，養傷期間也沒什麼事情，變著法兒煮飯也算消遣時光。

但中午食客又多了一個，谷炫居然也來蹭飯。這兩兄弟的食量驚人，口味卻不是太挑剔。白雲的廚藝中等偏下，這兩兄弟也沒嫌過，照單全收。谷炫照例和她哇啦哇啦聊個不停，冰山殿下居然還能插上幾句，有些笑容……白雲要很忍耐才不推窗看看夏天裡是不是下了雪。

後來谷炫紅著眼圈跟她說，「妳啊，去趟凡間能幹了，連米長什麼樣兒都沒見過的人，居然能做桌菜出來。做得還跟我娘差不多……多少年了妳看看，我們兄弟沒吃過一頓家常飯。」

白曇啞口片刻，嘆了口氣，「我在凡間，人人見了我都想喊娘。我也生了幾個孩子……煮飯、燒菜、洗衣，哪樣不會？都是逼出來的。我的廚藝自己知道，吃個心意而已。」

「白曇，妳長大啦！」他拍拍白曇，「哥哥待妳不好，跟我講。我娶妳就是。」

「少來，你開發到新功能對吧？」她一掌拍過去，「當我廚娘呢，你夠了。」

谷熾倒是沒說什麼。只是她傷口癒合很慢，扔了個千年妖獸的內丹給她，她卻沒有吃。「我給的東西不能吃？」他冷淡的問。

「不是，我吸收不了。」側躺在貴妃榻歇午睏的白曇闔目說。

突覺一絲霜冷的神識入侵，她本能的彈開，睜眼看到滿臉陰沉的谷熾。她也不高興了，「你要神識內觀也先說一聲，我還以為你要打我。」

「……妳最該打的時候我都沒打妳了，等到現在？」谷熾用向冰點探底的語氣說。

「我幾時有那麼討打？」白曇莫名其妙。

「妳教唆谷炫偷滄海明珠給妳的時候。」谷熾冷哼一聲，「那是族裡共有的傳家寶，妳也有臉皮要！」

白曇一怔，幾乎遺忘的少年往事了。還喜歡那些眩目又閃亮的東西，想盡辦法去要，貪婪得不知節制。仗著青春貌美，仗著谷炫的包容寵愛，囂張跋扈的撒嬌。

「那是我的錯。」她爽快的承認，「很抱歉。幸好你阻止了谷炫……謝謝。」

谷熾一怔，反而沒了話，霜冷的神識霸道的入侵，這次白曇靜默的讓他內視。

墨黑的眉蹙得極緊，研究似的看著她，「妳在凡間出了什麼事情？」

白曇只是輕笑，「不管出什麼事情，都過去了。該還的淚已還，欠人的血已盡。碎心裂魂，已經完滿。」

谷熾沉默了一會兒，將那只內丹丟入口中，坐了下來，把白曇抱在膝蓋上，默默的將內丹轉化成真氣，從背心注入體內，像是一個暖洋洋的流水，充斥四肢百骸，推著運行了幾次周天。

「我不欠人。」谷熾淡淡的說，「欠妳的功力，添些利息還妳了。」

……這利息也太多了些，都超過本金了。她想下來，卻被谷熾抱到床上。「睡會兒，妳身體太差了，連收個真氣都累。」他脫了被子一罩，就放下床帳出去了。

這傢伙，嘴裡一套，做的又一套。白曇暗笑，闔目睡了過去。

過了幾日，她的傷全好了。儀式重啟還需要半個月左右，她一時之間非常清閒。本以為她會到處亂跑，畢竟白曇是個最鬧騰的孩子。沒想到她就這樣乖乖的窩在廣大的北山宮殿，東遊西晃的採著庭園裡可用的藥草或野菜。

不然就是帶卷書走到哪順眼了，就坐下來看。有時整日待在寒竹林也沒做啥，就是晒晒太陽，順便晒晒藥材。

谷炫還比較平靜，畢竟認識那麼久了，他也知道白曇鬧騰的背後不過是害怕寂寞，一旦克服了這個致命缺點，她本來就是能靜下來的人。對於谷熾來說，卻非常希罕，而且不可思議。

「我以為江山易改，本性難移。」有回吃晚飯的時候，谷熾突然開口。

白曇看了他一眼，「難移，又不是絕不可移。」

「……妳真的是白曇嗎？」

她詫異的看著谷熾，「我以為我跟你不熟欸。」

「我也想不熟，以前妳真是令人討厭。谷炫讓妳帶得極壞，管都管不動。」谷熾冷下臉來。

「你跟我師傅串供？」白曇笑了起來，「說得一模一樣。」

他們倆真是壞孩子……無疑的。到處打架鬧事，偷矇拐騙，勾搭好看的少年少女，惹哭很多人。人見人憎、狗聞狗嫌。直到狐王又大病了一場，谷熾因為邊境問題受了重傷，谷炫才結束這種荒唐的日子，回去扛起半邊天。白曇沒了惡作劇的夥伴，又被頭疼的師傅塞去瀛島學道，立志修仙，才讓這段精彩又紛亂的少年時光徹底結束。

之後他們沒說什麼，吃完了飯，谷熾自去入定用功，白曇走出來賞月，許多往事依舊歷歷在目。破碎的夢想像是篩過竹葉的月影，嘩啦啦落了滿地。

我，還是白曇嗎？她默默的問自己。

六千年糊裡糊塗卻囂張火烈的過去，記憶裡只有鮮亮的幾筆。反而是灰暗痛苦的凡間六十載，到現在還是揪疼揪疼的，心有餘悸。

或許就是勾起往事，她睡得很糟糕，惡夢連連。等被搖醒的時候，牙關很酸，可能是咬牙切齒的忍住驚叫。

「白曇。」黑暗中，谷熾的聲音非常冷靜，甚至冷漠。

她勉強咽了咽口水，「……嗯。」

「怎？」

「沒事。」她深吸一口氣，勉強讓自己平靜下來。

谷熾的呼吸很輕，摸索著抓住她的手，掰開一根根指頭，她才覺得掌心有點疼。拳頭握得太緊，指甲掐了進去。幸好留得不長，沒見多少血。

湊近她的掌心，谷熾舔著她細小的傷口。想縮手，卻被緊緊抓住。

「其實，妳是會臉紅的。」谷熾很細聲的說，「臉紅又強自鎮靜的表情，很誘人。」

死狐狸精！裝得那麼正經，拐起人來真是一點都不含糊！白雲心裡大罵，勉強控制自己的表情，讓臉紅一點一滴的褪掉。

「這樣對嗎？唔？」谷熾用食指托著她的下巴，「用真氣壓下臉紅，這樣對嗎？唔？」

「……我們繞過這些，直奔醫療結果，如何？」白雲冷靜的回答，聲音卻有幾乎察覺不到的顫抖。

「不好。」谷熾輕咬著她的耳垂，「我想看妳的臉能有多紅。」

惱羞成怒的白雲用力推了谷熾一把，讓他跌到床下，傷害了谷熾的自尊。這是個小小的導火線，卻造成了一場大戰。大打出手，白雲還動了傢伙——抽出龍皮鞭打了谷熾好幾下，最後讓谷熾奪了去，雖然沒抽她，卻被拿來綁某個非常兇悍的女人。

如果說第一次是不得不為之，第二次就是狂風暴雨，徹底的行動派。

事後白曇很納悶為什麼會打起來，明明他們都是很理智的人。但谷熾板著臉幫她解開龍皮鞭時，臉上有可疑紅暈……她恍然。他們都用怒氣掩飾尷尬和不好意思，深怕被拒絕、看不起。

她仔細反省，覺得自己的確如此，覺得又好笑又好氣。活這麼大把年紀，居然還會這麼生澀幼稚。

揉了揉被捆麻的手，她去取了傷藥，「抱歉……我幫你上個藥好嗎？」

衣服穿到一半的谷熾，又默默的脫了單衣，幾道顯眼的鞭痕。其實不要管也很快就好了……但帶有真氣的鞭傷總是會留點痕跡。小心的推開藥，白曇輕聲說，「我太暴躁了，真的很抱歉。」

谷熾沒講話，只是繃緊的身體放鬆下來。

「你的身體比我好看。」白曇笑著說，「狐族果然都是俊男美女。」

谷熾沒有接話，只是接過她的傷藥，揉著白曇有些紅腫的手腕，淡淡的說，「妳習慣一個人睡？」

「都行。」白曇也淡淡的回答。

「搬去我那兒。」他命令，「早上吃小米粥。」

「好。」她點頭。

「先睡，明天搬。」

「好。」她突然覺得很睏，爬回床上面著牆躺下。谷熾貼著她躺著，將手擱在她的腰上。

「白曇，妳幾時變得這麼乖？」他的聲音很細，很啞。

她輕笑，「反抗花力氣，還浪費傷藥。」

說不定是錯覺，但她似乎聽到背後的冰山殿下笑了一聲。

* * *

越靠近儀式的日子，谷炫和谷熾更忙得不見人影。

谷熾的臉色日益陰沉，溫度早超過冰點，往絕對零度探底了，已經到達人人畏避，眾生奔逃的地步。能泰然自若不被這種強大氣場影響的，只有他的親弟弟，和正與他不正當交往的白曇。

在北山狐族諸子民的眼中，不禁佩服得五體投地。瞧瞧，果然是醫君心愛的弟子。是多麼的榮辱不驚，大雪山崩於前，面不改色啊！

白曇一無所覺的做自己的事情。現在谷熾只有早飯還跟她一起吃，午晚已經無法顧及了。但她記得谷熾要她留飯，往往天亮就會發現在廚房留的飯菜消失無蹤。

後來她會專注於一些日常生活能使用的法器，大約就是這段家常生活所致。她在紅塵蹉跎的日子，正逢人間二十世紀末，有許多便利生活的電器。妖族倚賴法術，但好鬥崇武，並不怎麼在意生活的細節。

一開始，只是覺得少個電鍋不習慣，自己搗鼓著弄了個概念接近，似是而非的電鍋——改用畫陣安符取代電力當能源，沒想到非常成功。受到這樣的鼓舞，她開始打造一些電器概念的小法器，還將一些低階法術修修改改，應用到家庭生活裡。

谷熾先是發現廚房的飯菜永遠是熱的，不管多晚。原本他懷疑白曇偷偷刺探他的行蹤，心底有著狐疑和不豫。後來發現那個鍋子似的玩意兒居然是個法器，不禁啼笑皆非，等無意間翻到白曇亂丟的玉簡，心底覺得好笑，眼神不知不覺柔和了起來。

他們在一起的緣故非常荒唐可笑，他百思不解，為什麼白曇會答應。他原本準備了極高的價碼打算談判，但白曇卻一樣也沒用到就爽快定案了。琢磨許久，卻琢磨不出真正的用意。

她總是一副平靜的樣子，把自己安排得很好，從不鬧人。只有跟他纏綿的時候，才會露出一絲絲茫然和脆弱。也只有纏綿後，她才不會背著他，蜷縮成一團。那時候她會比較放鬆，抱著他的胳臂穩睡，不做惡夢。

連做惡夢都非常安靜，緊緊咬著牙，拳頭握得指節發白，擱在下巴。緊繃著蜷成一團，像是胎兒的姿勢，額頭沁著汗。

得把她搖醒，她才會放鬆些，喃喃模糊的說對不起，握了握他擱在腰上的手，安靜的睡去。

她曾很抱歉的說，還是分房睡好了，因為有時候她發惡夢，會讓谷熾睡不好。他只冷冷看了白曇一眼，「別想。」

他承認，自己非常自私。待白曇，真數不出什麼好，常常冷落她。床笫之間，也不是個溫柔的人。但白曇待他很好，非常好。不是說她很會服侍人……做菜真不是她的強項，再說北山皇室雖然不是最顯赫的狐族貴裔，也是錦衣玉食長大的。

只是她……很自然而然的留意，順手就做了。有體貼的地方，也有粗心的地方。沒有一絲勉強，不帶半點逢迎討好，也不跟他居功。那種感覺很熨貼……像是他早已過世的母親，煮著寡淡無味的綠豆湯，替他縫的釦子針腳彆扭極了。還會擰著他的耳朵說，「是愛你們才願意做的啊，可不是應該的。嫌不好吃，以後都沒得吃！」

白曇非常適合當某個人的妻子，被呵疼愛護。磨掉了火性和輕浮，現在的她，很能過日子。跟了他，真有種可憐兮兮的味道。

但他就不要放，不願意放。反正他就是自私自利，刻薄寡恩。不管怎麼冷淡她，一點好臉色也不給，她就是別想走。誰讓她選錯了呢？

對於谷熾這些糾結的心理活動，白曇一點兒都不知道。她的想法其實非常直白而簡單。飲食男女、人之大欲，既然她已經修過仙、被貶過、沾染過紅塵，也就不怎麼想回到刻苦斷欲的修仙生活。

既然谷熾有相同的需要，又講得明明白白，很當一回事的和她理智討論，她也覺得沒什麼不行，還解決了一個不算大卻很煩人的問題。

天上人間的經歷把她的情愛消磨殆盡，她有些一朝被蛇咬，十年怕井繩，谷熾這樣冷心冷面，對她來說反而鬆了口氣。好歹是個認識的人，又是她好友的哥哥。這種薄弱的關係，谷熾不待她好也是應該的，但這個冰山殿下卻在她發惡夢的時候會搖醒她，偶爾會出現罕有的溫柔。

說起來，她是有些感激的。

人間的痕跡在她身上落得很深，所以她會心不在焉反射性留意谷熾的瑣事。飯一個人也是要煮的，御廚太遠，傀儡又太笨。既然已經疊了自己的衣服，就順便疊谷熾的衣服，少了釦子、斷了衣帶，整理自己衣服的時候就順便縫補。

人家管吃管喝，還管睡覺，舉手之勞能順便就順便，省得老覺得欠了人家什麼。

沒想到她的無心之舉，在算盡機關太聰明的谷熾那兒，整個變了味道，成了有心、留心。

只能說，這是個很美麗的誤會。

第四章

儀式重啟，每晚月已中天才得以回房安歇。她默默算著，再十天這儀式就完結，等行完太牢之典，她在北山的事情就結束了，明年夏日才需要去引國狼族那兒。趁這這段空檔，她是該回縹緲峰探望師傅呢，還是乾脆放個大假，整個妖界跑跑？

正思量著，走入房間，幽暗中，谷熾的眼睛閃閃發光。

「……怎麼不點燈？」她彈出一團火苗，點亮了燈，卻被谷熾嚇了一大跳。

他俊美無儔的臉龐，潑了墨似的黑了一大塊，幾乎占據了半張臉。白曇趕緊拉他坐在床沿，俯身仔細的看。觸手冰寒，冒著陰森的氣。仔細看蔓延到頭皮裡，範圍大得驚人。

言自語。」

谷熾的臉孔沉了下來，室內溫度瞬間下降許多，一整個肅殺。但他沒有發作，轉了話題，「他們會去聘冥道高手，就是覺悟到九尾狐對我來說沒什麼威脅性……反而落個把柄。」

想到把屍體遣送回去，九尾狐那種驚慌失措、極力撇清的模樣，他露出殘忍的笑。大約沒想到，五隻九尾狐都沒能擊殺他……隨後又覺得悶，真的差點殺死自己的，是那搞笑版的走火入魔。

白曇診察完畢，取了張紙，刷刷刷的寫了幾行字，壓在桌上。「我去取針。」就走了出去。

他翻開來看，寫的是防辟冥道的一點小法術和辟邪物。

白曇對他，真的是好，連面子都照顧到。就算現在這樣刺她，她也沒絲毫生氣。但他覺得話還是得講。他思量過了，娶了白曇，就是皇妃，北山狐皇室的一分子。他也承認，即使是現在的白曇，他還是不太放心。不放心歸不放心，他還是想娶白曇。這樣她就不能想離開就離開了。

白曇取了銀針回來，就看到谷熾拿著那張紙出神的模樣。一張俊臉搞得跟花貓一樣，讓她想起以前谷炫練字也總把自己弄成大花臉，一頭一臉的墨。這時候才覺得，他們真是兄弟倆，冷靜又冷漠的谷熾，也有柔軟脆弱的時候。

想想真奇妙。從來不正眼瞧她，又鄙夷又厭惡的北山狐家長子，居然跟她親密到能針鋒相對。都認識那麼多年了。

谷熾看了過來，她才大夢初醒的輕咳一聲，走上前替他施針，導入真氣。即使只是清除臉上的鬼氣，她還是有點無以為繼，大約一頓飯的時間，銀針才導出臉上的墨黑，讓她接到一個琉璃小瓶。鬼氣也是種煉藥的藥材，雖然是劇毒。但拿捏得好，是劑上好的猛藥。

谷熾的臉龐恢復了乾淨白皙，只有些靠近髮際的還有些黑氣，稍微掩飾是可以了……但隱藏在頭髮底下的面積更大，現下沒辦法，她已經心底空蕩蕩，像是餓得難受那種虛弱。

「剩下的明天吧。」她得休息個一、兩天，想來暫時不會有變故。

她想把琉璃小瓶擱到桌子上，眼前一黑，心底暗道不好，卻被谷熾一把撈住，順手撿了差點摔破的瓶子。

觸手冰寒，谷熾擰緊了眉。她的身體真的太虛，幾乎只有個空殼，裝點真氣這樣。他猜測是魂魄傷得太重，影響到白玉化身。以前就算不去看，白曇就像團烈火，充滿存在感。現在的她雖然乖了，卻只餘灰燼，虛無的馬上會消失。

順手讓那瓶子飛回丹房……他才發現，平時無事，白曇是不用法術的……或者說，她不去輕易妄動真氣。墨黑的眉擰得更緊，身體糟糕到這地步了？

白曇掙了一下，谷熾卻威脅似的錮緊她的腰，她也就順從了……或說沒力氣掙扎，任谷熾抱在膝蓋上，摩挲她冰冷的四肢，暖暖的灌進妖氣，帶著霸道的狐火。她蜷縮著，有些瞌睡。每次動用真氣都非常疲倦，她開始覺得自己越來越不適合當個醫生了。

每次她這麼乖，谷熾總有點不忍心。說不清楚心底那種感覺。他見過如烈火的白疊那樣的囂張任性張狂，像是沙漠颳過的暴風，令人討厭卻又不能忽視。現在她這樣理智、冷靜又自制，學會替人著想，乖巧得像隻小貓，從不跟人對著幹……又覺得有些難受。

不過被逼急了，還是會拿鞭子抽人。他沒有意識到自己彎了嘴角。他想著，那個發怒的小女人，看得到的肌膚都泛著淡淡的紅，像是灰燼中晃地冒出烈火，撿回一點過去的樣子。

懷裡的女人勻了呼吸，居然睡著了。

耗了妖力烘暖她，居然不管不顧的睡了。他有些不滿。不過，他也很清楚要怎麼叫醒她。只是探入衣襟覆在柔軟上，她就哆嗦了一下。

「有感覺了？這麼快？唔？」他很輕的在白曇耳畔輕喃，「我以為人類女人都很慢熱……結果妳跟狐族沒兩樣嘛……唔？」

她掙扎著要下地，燈下映著的臉孔已經泛紅。谷熾將她壓倒在床上，順著胸口往下探索，「真氣不足以壓住臉紅？唔？出聲呀，怎麼不出聲？嗯？」

白曇沒發出一個字，反而咬緊牙關。使倔性？讓妳使倔性！

他承認，的確是故意的。故意讓她尷尬、惱羞。故意讓她掙扎，又讓她徒勞無功。就是想看她失去淡然和冷靜，喜歡看她臉紅得幾乎滴出血來。故意又重又沉，看這個很敏感的女人死倔的不肯發出聲音，偶爾溢出的輕喘和嗚咽。

眼睛會冒出火來，又恨又沉迷。這時候才覺得她還活著，不是那種空虛安靜的模樣。才覺得，她在自己手裡。

虛掐著她的咽喉，谷熾粗喘著等自己平靜下來。她大概把力氣都耗完了，既沒有抵抗，也沒有動。她的脖子真細，輕輕一掐就會斷了，如此脆弱。

「婚事該辦一辦了。」他冷冷的說。

「不要。」她的聲音帶著含糊的睡意。

他加了一點力氣，白曇只是把眼睛閉上，「要嫁沒有，要命一條。」

還跨在她身上的谷熾全身都緊繃了，大概氣得不輕。但咽喉的壓力卻沒重半分，只是圈著。

「為什麼？」

「情勢複雜。」白曇睜開眼，「別再刺激九尾狐了……我身分擱在那兒，是醫君的弟子。反正我不在乎名分不名分，沒意義。」

谷熾摩挲著她的脖子，良久才說，「我要更改但書。」

白曇抬眼看他，他的臉藏在陰影裡，長長的黑髮流洩了他們一身。

「期限到我度劫失敗。」妳，別想走。

白曇睜大眼睛，試著看清谷熾。這人又撞到頭了？她一直以為他們相處得不算好，各過各的，連話都少講，谷熾看她的目光總是冷冷淡淡，防心很重。

床笫之事，她也不太配合，總有點放不開，很容易就被谷熾激怒，每次都弄得像是在打架……除非她睡得迷迷糊糊，那時谷熾才會安靜又溫柔。

為什麼現在又要娶她，又要改但書？她想了半天，才勉強找到一個可走去。白曇在那兒織布吧？這沒什麼……他跟自己爭辯，谷炫也總是跑去跟織布的白曇說話兒，從很早以前就是這樣。

谷炫可以，他當然更可以啊！他可是……可是白曇的未婚夫。找到理由，一瞬間就理直氣壯起來。

才走到殿外，谷炫這娶了十八妃的該死小子，居然又跑來跟白曇聊天了。隱在厚重的簾幕後，他握緊拳頭，克制著暴打親弟弟一頓的衝動。

白曇在笑，笑得無憂無慮，聲音清脆。「……你就要貧嘴吧！成家治國這麼久了，還這麼貧嘴，該告訴你哥，讓你哥治你。」

「嘖，見色忘友啊見色忘友，」谷炫對她擠擠眼，「我哥不錯吧？嗐，早知道你們走得到一起，就該撮合了，也免得妳去凡間吃那麼多苦……」他的聲音低落下來，「我若早點知道，就找妳去了，哪能讓妳吃碎心裂魂之痛，被那些天上的白癡欺負……」

白曇啞然了一會兒，「谷炫，你是不是嫌錢太多？」她佯怒，「錢燒手不會給我喔？何必扔去那些包打聽手裡，問這些有的沒有的？」

谷炫用力把酒杯一頓，「這竟是有的沒有的?!」他的聲音走樣了，帶著痛顫，「差點魂飛魄散，不是九姑娘去搶人回來，妳就讓天上那群白癡帶回去挫骨揚灰當笑話兒了！透個聲氣、送個信也好啊！難道妳以為成了仙，咱們都不兄弟了?!我真會怕天界那群白癡不成?!」

她手底不停，投梭飛織，良久才幽嘆，「……那時我來不及私逃，是被綁上刑仙台剮了仙體，才打落凡塵。哪裡來得及透消息？說起來是我自己不好，貶為人了，啥都不記得還使倔。過剛易折，這不是自找的嗎？我學乖啦，真的。以後再不敢了……你別哭啊谷炫，我都沒哭了……對不起，我真的再不敢了……」

谷炫已經泣不成聲。他年少最荒唐卻最美好的時光都跟白曇混在一起，世間沒有人比白曇更了解他，或比他更了解白曇。

白曇骨子裡有種帶煞氣的執拗，即使為友，也是全心全意的獨一份，除了他，世間沒有其他人，連師傅都往後靠。

被迫回去扛北山狐族，他就隱隱覺得不好。果然白曇火速的轉移目

「聽到沒有?」谷熾抓著她的臉恐嚇。

白曇胡亂的點頭，這消息太具爆炸性，她決定不多加糾纏。說不定睡醒就沒事了……谷熾不是撞到頭就是喝醉酒、吃錯藥……不要跟神智不清醒的人多計較。

一得到保證，谷熾鬆了勁，很快的睡熟了。但白曇卻被炸矇，睜著眼睛到天亮，一整天都委靡不振。

直到祭前，她都提心吊膽、心驚膽戰。但是發了一晚的瘋，谷熾天一亮就恢復常態，該幹嘛幹嘛去，連一眼都沒多看她。

雖然摸不著頭緒，但她吊得極高的心終於緩緩的、平安的降回胸腔安放，只把他的發瘋歸類於偶發性喜怒無常，和孩童般的占有欲。

不都說男人心底都藏個男孩嗎?大約谷熾殿下自幼失母，和谷炫一樣懷念媽媽的味道。她在人間時當了一輩子慈母，連無緣的前夫和情人們都想喊她娘，說不定還殘留了那種味道。

找到了解釋，她安心下來，渾然不知天一亮，谷熾就假公濟私的在國是會議後，和谷炫來了場特有心機的「閒聊」。

在九拐十八彎設法旁敲側擊之後，原本狡詐心機的谷炫觸及了跟白雲有關的話題，卻徹底沒有防心，非常怨恨的把他打聽到的消息一股腦兒的傾訴，倒讓谷熾非常意外。

「……不對，」谷熾仔細琢磨了下，搖搖頭，「既然剮了仙體，已經執行了刑罰的主要目的，天界是要面子的，她的罪沒重到挫磨至此。」

「哥啊，你說得對。」谷炫非常低落，「原本她這一生就是平平淡淡的經過紅塵而已。但她那個性……噯，得罪了星日馬的星官御女。那些天界的智障，半開玩笑的插手她的人生，還、還下賭注，看她幾時熬不住自殺……」

谷熾整個變色了，室內的氣場像是颳起暴風雪。御女？軒轅皇帝的女伴？以色事人的賤妾也要這種下流心計！很好，他記著了。不是不報，早晚有機會讓妳也嚐嚐這種滋味，另外順便把五百倍的利息交上來。該死，真該死。

了，才走回去。大概是倦了，她只炒了飯，一缽筍湯，頭髮還在滴水，應該沐浴過了。

相對無言的吃過飯，正收拾碗筷，谷熾冷冷的說，「妳是很美的，從以前到現在。」

白曇笑了笑，把碗筷收拾到廚房去，輕聲請殿下去沐浴。等谷熾沐浴歸來，她正在梳妝鏡前梳頭，但鏡裡的人卻不是白曇。

驚愕了幾秒，他明白了。那是她在凡間的容顏。瞬間轉成震怒，手指不斷發抖。白曇是妖界少數神民的棄嬰，美貌卻可與九尾狐並駕齊驅，完全不輸任何人。她本人也為此非常驕傲。

天人卻徹底毀了她。

白曇回頭看到他，趕緊把梳妝鏡按倒。以前谷熾根本不會關心她在幹嘛，所以沒有戒心。以後要小心，別亂照鏡子或水影。

歉意湧了上來。她這樣表裡不一，身虛體弱，想想真不該答應谷熾，像是騙他似的。或許她真的想得太簡單。

訕訕的站起來，「那個，嗯。那是我實際的長相……不對，凡間的長相。我還辦不到形神歸一，所以……我不是要騙你。只是……我不知道怎麼解釋，反正只是防止你再次走火入魔，我想……」

谷熾按住她的肩膀，神情非常陰沉的打斷她的語無倫次，「妳很美。夠了，別讓我再說第二次。」

「美？」她失笑。心底不無嘲諷的想。若是照凡間的形貌，谷熾不會讓她靠近一丈內……而谷炫大約會視而不見吧。狐族對美貌有著很強烈的偏執。

過去真的過去了，她很明白。但她也很深刻的體悟到，過去憑恃的一切都不足以憑恃，終究一切無常。懷著冰冷的清醒，所以她一切隨緣，非常消極。現在只希望她身邊的人一切安好，別為她擔心。

谷熾俯身吻她，溫柔如春日靜好，讓出神的她嚇了一跳。可憐我？她心底苦笑。其實，不存在可憐或不可憐的問題。但她還是有點感動，這個冷心冷面的人，偶有的溫柔如此珍貴。不管背後的原因是什麼。

這夜，谷熾待她非常溫柔，細細輕撫，像是怕弄碎了她。果然，冰冷外殼底下，還是有顆柔軟的心，跟谷炫一樣。果然是兄弟啊！

她也非常順從聽話，沒再咬緊牙關的防備。反而讓谷熾心底擰緊似的又疼又憐。還不如讓她打幾鞭呢，最少不會痛得這樣酸軟。

「北山也有瓊花。」他低聲說。

「唔？」睏得睜不開眼睛的白曇應了一聲。

「我植幾棵到寒竹林。」

「嗯？」她努力保持清醒，可不太有效，「種得活嗎？」

「可以。」他一遍遍的吻她，「我種的話，一定可以。」

她睡著了。夢裡曇花遍野，香氣四溢，月下盡展風華。谷熾板著臉，用初融的雪水，一株株的澆灌，表情非常彆扭好笑。

＊　＊　＊

祭典之後，相安無事了幾天。

白曇非常疲倦，像是枯萎的花兒似的，睡著的時候比醒著的時候多。除了做飯的時候掙扎起床，其他的時光都耗在床上睡死過去，谷熾會悄悄的去探她的鼻息，擔心她這樣一睡不醒。

當然，傲嬌殿下是絕對不會讓白曇知道的。

白曇睡了幾天，才歇過累。谷熾保持著那種冷冷淡淡的態度，讓她很安心。就在某天早晨，他們靜默和平的吃早飯時，她說，「以後，你還是打發御廚送飯來……不然去谷炫那兒吃也行。」

谷熾偏眼瞧了她，「累著了？等好了再做也不遲。我讓御廚送飯進來。」

「我又不在，送飯做啥？」

谷熾終於正眼看她了，眼神冰冷，「去哪？」

「想回縹緲峰探望師傅。」她很規矩的回答。

谷熾的神情才緩和些，她又說，「然後到處轉轉。回來十年了，都在養病，哪兒也沒去看看……」

「不准。」谷熾的臉孔泛著微微的青。

白曇呆呆的看著他，拿不準他的意思。莫非他還擔心走火入魔的事情？其實這段時間也應該相當舒緩那種緊張了，起碼熬個一、兩百年也不至於發生這種爆笑……不過掛名兒跟人交往，也不該太熬著人家不是？畢竟他是隻狐狸精。

小心翼翼的，白曇體貼的說，「那我每個月回來一次。」

谷熾的臉孔都要發綠了，「免談。」

「……一個月兩次？」

「一天也不准妳走。」谷熾黑著臉斷然的下判決，「別逼我滿世界找人，鏈子鎖回來難看。」

「谷熾殿下！」白曇拍筷子了，「你留著我做什麼？做飯？誰做飯不比我強？若是上床，我也預留回來慰安的空間了……」

「慰安!?」谷熾的臉又黑了一個色度，「妳把我當什麼，又把妳自己當什麼？」

……能當什麼？這是事實描述吧？她想破口大罵，終究還是忍了下來。事實上，她很畏懼爭吵這種負面的情緒，往往會造成魂魄舊傷復發的痛苦。

「殿下，我真的不知道你生什麼氣。」她聲音放柔，「我是醫君門人，也有我該做的事情。離開妖界也百年了，我想到處看看也無可厚非。我從不干涉你的生活，為什麼你要干涉我的自由呢？」

谷熾深深看了她一眼，勻了氣息，聲音恢復冷靜，「去縹緲峰是應該的，畢竟妳也久不見醫君了。下午再走吧……我手上還有點事情要處理。」

「……我自己去就可以了。」白曇反而更糊塗。

「就妳這破病身體？」谷熾瞅著她，「不怕飛到一半散架？幫幫妳自己一個忙，順便幫幫醫君。妳若病了還不是醫君要操心？」

理由很充分，但白曇就是覺得不知道哪兒有點怪怪的。她撿起筷子繼續吃飯，偷偷看谷熾，他還是一臉平靜，像是從來沒發過脾氣一樣。

那天下午，谷熾折了她的桃花枝，擁著她直飛往縹緲峰。她不得不承認，比起她和谷炫那樣自恃天賦的貪懶，谷熾比他們倆加起來都強多了。他飛得平穩迅速，姿態優美。

即使多帶她一人，也舉重若輕。一路默然，直到降落，谷熾細聲在她耳邊說，「白曇，妳永遠這麼乖就好了。」

她苦笑，「我應該不任性才對。」

「是呀。」他揉了揉白曇的頭髮，「乖得讓人難過。」

她驚訝，谷熾已經握緊她的手，大步走入山門。

像是知道他們要來似的，醫君先見了谷熾，她在外耐心等待，大師姐紫鳶笑笑的迎上來。「感情不錯嘛，像回門似的。」

白曇笑了，「幾時該師姐回門？」

「我跟誰回門？」紫鳶嘆氣，「我是個最孤拐的，誰受得了？」

「九尾狐儲君還沒追到妳嗎？」白曇張大眼睛。她成仙前，九尾狐儲君夜玄就在追求紫鳶了。

「夜玄？」紫鳶笑了笑，有些苦，「也不能說沒感覺，但不到愛的程度。我不喜歡他那種毒辣陰暗的心思和手段，走不到一塊兒。他也不是非我不可……醫君的弟子就行。現在他在追小五兒。」

白曇沒了話。她和大師姐都是沒有絲毫權力欲的人，跟師傅一樣雲淡風輕。或許是出身的關係——她和大師姐都是棄嬰。但大師姐比她好些，還知道自己是少昊國遺民，鳶族被滅時師傅無意間保住的一顆孤卵。白曇連自己出自何處都不知道。

二師姐蕾央來自鬱林，是隻樹妖，和天界花神之一相戀又被棄，生了個孩子，陪在師傅身邊隱居，除了祭典外，都待在縹緲峰奉師養子，連同門都少見。

白曇是老三。他們這三個都算早入師門的，感情當然特別好，都是生性淡泊的人……最少現在的白曇是淡泊的。

四師妹燦火，五師妹朔陽，都是妖界蛟族貴裔。一個是南陽蛟國公主，一個是西海蛟域的郡主。出身顯赫，兩國又水火不容，一心要爭蛟族之長的位置。小四、小五自己鬥得很歡，師傅也不太管。

六師妹則是個沉迷於禮法的小孩兒，很喜歡祭典，親自編纂過《祭典大全》。以前白曇成仙後，名下的五國都是她接手的，完全不以為忤，每天忙忙碌碌，頗樂在其中。

她們這六個師姊妹，瞧來瞧去也只有衝動又一心好強的朔陽好下手，比起來，燦火更有心計些。

「……不怎樣意外。」白曇輕嘆口氣，「師傅怎麼說？」

「師傅哪會管？」紫鳶也跟著嘆氣，「小五點頭了。」她回眼看白曇，笑了出來，「幹嘛？怕我傷心欲絕？免了。認識那麼久，我早看清夜玄了，我們走不到一道去。」

她神秘兮兮的靠近白曇，「男人呢，我倒是不想的。不過我想生個孩子……」

「……看中了麼？」白曇被這消息震住了。

紫鳶得意的笑，「看中了。梧桐林共主白鳳的侍衛，身世寒微的鷹族。長相好、身材好，氣宇軒昂，徹徹底底的男子漢。查過族譜，我們血緣很相近，生得出來的。已經談好了，他媽媽有痼疾，我負責治好，他負責借種，兩不虧欠。」

「……妳不打算讓他拜見師傅？」白曇覺得有點不妙。

「何必呢，只是借種。」紫鳶不在意的揮揮手，「不過我跟師傅提過了，她罵了我兩句，答應把棍子先記下，等我坐完月子再說。」

白曇不知道該哭還是該笑，這樣跳脫的師傅和師姐。

「別提這了，」紫鳶擺擺手，「妳呢？真要和谷熾定了？」

白曇啞然片刻，想了想，「他沒打算分手我就定了。」

紫鳶咬了咬唇，「可他……他……我想，谷熾是不會改的了。但他的想法，可能就不是愛情那麼純粹……」

「跟愛情沒關係吧。」白曇淡淡的說，「就合得來，他也不討厭我。再說，我們血緣差很遠，所以不會生下孩子。為了北山狐族傳承的穩定，他大約是不要任何子嗣的。」

「……師傅，請不要為不肖徒恚怒。」吞聲幾次，她勉強回答，「徒兒罪有應得，是該長記性的。為了我……引發任何層級的國際糾紛，都不應該。」

醫君沒有說話，只是疲倦的揮揮手，「好好過日子吧！」

她拭淨了淚，屈膝而去。

谷熾心情不太好的抱她回去，看了幾次她有些紅腫的眼睛，卻沒問什麼，只說了兩個字，「別走。」。

她也沒問師傅跟谷熾說什麼……或許她不用問也明白。她是該振作起來，不要讓身邊的人擔心。大家都這麼愛她，為她難受。

才回去不久，谷熾又匆匆趕去谷炫那兒。九尾狐儲君要娶王妃，關係正陷入僵局的北山狐得商量出適當的對策。

白曇把她原本整理好的行李，又一一放回去。她發現，其實也沒那麼想出門。既然谷熾說，「別走。」那她就不想走，這裡就很好了。

如果不是受過紅塵洗禮，她就學不會珍惜。她幾乎無聲的輕輕歌唱，

「……有些人，一旦錯過就不在……」

那天，谷熾回來得很晚很晚，她早已經睡了。但谷熾親吻她臉龐時，她還是醒了，只是眼睛睜不開。

「我沒找到北山的瓊花……」他低聲而歉意，「是我沒時間去找。先拿這個頂可以嗎？我記得的，真的……」

鼻端馥郁著芳香的梔子花，落在豔紅的被上。她睏得只睜得開一條眼縫，無力的撫了撫梔子花。

谷熾可能還說了些什麼，但聲音實在太輕，她沒聽清楚。但她微微彎了嘴角，摩挲了一下谷熾的臉。

其實，這樣就很幸福了。

＊　＊　＊

狐族在妖界三十一國裡頭占五族，分別為九尾狐、赤塚狐、葛仙狐、北山狐、裂地狐。在妖界，狐族勢力龐大，妖術高深，連自傲為靈獸的龍鳳麒麟之屬都得平起平坐。

另外一個原因就是，九尾狐也可列入靈獸之屬，無形中提高了整個狐族的地位。

但近千年來，諸狐族內耗嚴重，九尾狐猶烈。兄弟鬩牆、父子相殘都不是新鮮事了，內耗既兇猛，漸漸就衰弱起來。相較之下，原本排名第四，屬於中下的北山狐族兄友弟恭、父子相親，顯得格外不同。

而北山狐王熱烈追求醫君雖然也是因為天生癡情，但也藉坡下驢，順勢讓出路給小孩兒們走，樂得什麼都不管。當然能夠如此，就是因為他非常相信自己的孩子，谷熾、谷炫兩兄弟也沒讓他失望。谷熾甚至主動表明他要修聖，不要子嗣，於是北山狐皇家的第三代傳承落在谷炫身上，斷絕了可能的紛爭。

谷熾更挑起外交和軍事，磨練出凶猛的北山軍。冥道入侵的小規模軍事活動裡，北山軍一傢伙打響名號，反觀九尾軍卻紀律鬆弛、臨敵望風而逃，很是丟了臉面。而這位有名的冷面郎君，沒想到在外交上非常冷靜，偶爾還願意賣賣笑……他笑比其他人有效果多了，居然也走得順風順水。

谷炫也包辦了外交與軍事以外的一切內務。非常注重狐族修煉（雖然他很不用功），大設學校，並且巧妙的從採集跨越到農耕經濟，重農重商。畢竟天材地寶總有採空的一天，不如想辦法多生些不是？

他頭腦好，又去人間取過經，整個北山讓他搞得風風火火，跟他國交易有無，原本窮困的北山暴富起來，頗有暴發戶的氣勢。他的十四妃（改嫁四個了）個個聰明能幹，都能獨當一面，還不用發薪餉。

再加上和醫君的友好（？）關係，頗有後來居上的趨勢，九尾狐族真是寢食難安。

谷熾兄弟倒是沒想去爭這個排名，所以外交上以友好為主……只是九尾狐表面是笑，暗地裡藏刀，一整個非常詭異。但九尾狐想要臉皮，又想要除掉北山狐，外弛內張的逼迫北山狐先宣戰，應對起來也很吃力。

可谷熾是不想打的，谷炫也支持。畢竟百足之蟲，死而不僵，這幾年雖然九尾狐內耗得厲害，死了幾個皇子，根本未傷，財大氣粗、人才濟濟。反觀他們北山狐表面風風火火，卻人口少、軍隊小，減稅輕賦，國庫裡的錢都拿去周轉了，沒多少剩餘。打仗就是打錢，沒錢打個屁啊！

所以非繼續敷衍不可，九尾狐儲君娶妃，雖然知道宴無好宴，谷熾決定親自帶隊去賠笑臉了。

決定好名單、禮單以後，已經忙忙的過了五天。谷熾隱隱的感到煩躁。這五天，他只有早餐看得到白曇，卻連話也沒得講，胡亂吃飽就跑了。等晚上回去，白曇早就睡了，只能對著熟睡的她自言自語。這日子沒法兒過了！

他勉強扯了個理由，說九尾狐儲君王妃是醫君門人，白曇代師前賀，硬把她加入名單內。

「……你這名單是狐族近親的吧？」白曇忍不住說了，「就算我要去賀，也是由我師傅那兒出名單。再說我師傅那兒已經派了小師妹去了……」

「妳們感情好，醫君不會介意的。」谷熾板著臉，「來杯茶。」

白曇悶悶的幫他倒了茶——就在他手邊還要人倒。不過倒給他喝，他神色就舒緩多了。不知道為什麼，他很介意「乖不乖」這種問題。若聽話些，他就高興，有些時候眼神會透出一些暖意。

她倒不介意讓步，但也不是每步都肯讓。「殿下，我和小五感情很不好。」就不相信他不知道。朔陽豔麗嬌容，脾氣火爆張狂，非常好強。但以前的白曇，樣樣都比她強一點，更加水火不容。

她和谷炫結伴少年遊的時候，小五追谷炫追得很緊，連迷藥都用上了，差點被吃掉……白曇破門而入，保住了谷炫的貞操，還親自捆著拖回縹緲峰跟醫君告狀。

梁子結得如此之大，感情好？

「妳是我的女人，不用怕她。」谷熾淡淡的說，「來而不往非禮也。她怎麼來，我就怎麼還，放心吧。」

「這不是放不放心……」她真的累了、倦了，非常討厭紛爭，更不想惹麻煩。

「妳是我未婚妻！」谷熾突然吼了起來，「這夠不夠格了?!」

白曇被嚇得撒了茶水。谷熾馬上後悔起來，吼她做什麼？可看她畏畏縮縮，就覺得心痛如絞，不知道怎麼辦才好。

他放緩了聲音，「白曇，乖一點，聽話。」他拿出以前哄谷炫的語氣，「妳不是想出去走走？我沒空陪妳去……現在趁出使的機會順便，好不好？」

……這比他突然暴吼還可怕。她真不習慣這樣的谷熾……坦白講，真笨拙。但他……願意哄她，這就很珍貴。

「好的。」她順從的點頭，「我送封信給師傅好嗎。」

谷熾暗暗鬆口氣，「應該的。」想再說些什麼安撫她，卻找不出溫暖的字句。白曇卻自己帶了笑，神情平和的又替他倒了杯茶。

該說些什麼，或做些什麼。但他只坐在那兒面無表情，出神的一口口喝茶。谷炫傳他去確定最後名單時，他偷偷鬆口氣，匆匆的走了。

那天他回來得早，太陽還沒下山，晚霞滿天。屋前屋後的找，白曇坐在屋頂，輕輕哼歌。聲音那麼小，連他這麼靈敏的耳朵都聽不清楚。只聽清了一句：「梔子花，白花瓣，落在我藍色百褶裙上。」

他站了一會兒，又轉身出去。再回來時白曇已經做好了飯，忙著給他盛飯添筷。他往她的懷裡塞了一個紙包，就默默吃起飯來。

「這是什麼？」白曇有些莫名。

「讓妳婚宴穿的衣服。」谷熾淡淡的說。

那是一套華麗衣裙，樣式接近明朝吧。裙子是水藍月華裙，十幅裁製，上面飄蕩著梔子花。但袖子故意做得寬大飄逸，非常華美。

原本有些莫名其妙，但那夜，谷熾對她溫柔至極。她也漸漸明白，只有這種時候，谷熾才會透露他的情緒。「梔子花，喜歡嗎？」他又輕又啞的問，慢慢的進入她，「唱歌……太小聲……」

原來如此。她恍然大悟。谷熾不知道什麼是百褶裙，但他知道什麼是梔子花。所以去弄了自以為很接近的百華裙。

瞬間，熱淚衝進了她的眼睛，她半張半闔著星眸，抱緊谷熾，輕輕呼喚，「殿下……」

「我叫谷熾。」他微喘的說。

「谷熾。」她吞聲，斷斷續續的說，「你是我的『唯一』。」

窒息而無法言語的谷熾，發狂似的吻了她，不讓她再說任何話。恨不得把她吃進肚子裡，恨不得被她吃掉。再也不會分開。

床上還飄蕩著梔子花的味道。雖然花早就謝了，但芳香久久不去，被留了下來。

第六章

第二天，大隊人馬浩浩蕩蕩的準備啟程，目標是九尾狐領地的青丘之國。說遠不遠，說近不近。即使駕雲乘不間斷的趕路，也得飛個四天，當然不可能日夜兼程。畢竟這是慶賀的隊伍，城鎮空中是不能飛行的，夜間飛行也受管制。

所以日出飛行，日落就得歇腳了。會規劃得這麼雞飛狗跳，就是因為有許多禮儀禁忌和安排，不然也不會讓北山高層都累出黑眼圈。

雲乘是種飛車，擺場面用的，拉車的是種叫做鮫馬的飛行性動物，長得像馬，但在背上或額頭有隻獨角，食虎豹，身有斑紋。人間打過滾，再看到這種動物，白曇有些想笑。

她在想西方的獨角獸和鮫馬有沒有血緣關係……但沒聽說獨角獸是吃

輩的。

她的淺笑到了谷熾這兒徹底誤解，以為這個不言不語的小女人延續昨夜的餘韻，讓他不禁有些自豪。雖然在部下的面前要保持威嚴，但的確從隆冬退到秋高氣爽的九月九，甚至情不自禁的扶了白曇一把。

白曇微驚，在外人面前谷熾非常嚴肅，別說碰她，連走路都走在她一步之前。她想到自己居然說出了心底話，不禁有些羞意，淺笑深了些，還淡淡的起了紅暈。

谷熾呆了一秒才恢復正常，默默的上車與她並坐，心底像是有個什麼在爬搔，一點一點的冒香檳泡，還得硬維持冷臉，非常辛苦。

結果小小的誤會滾雪球般，讓早就滾來滾去的兩個人比初戀還羞澀。直到谷熾仗著寬闊的袖子，悄悄的牽住白曇的手，白曇僵了一下，輕輕回握……誤會已經頂天立地，再也無可轉圜了。

於是這支慶賀的隊伍，在莫名其妙的喜慶味道中，啟程了。

但這樣溫柔又曖昧的氣氛，並沒有維持多久。即使離開了北山境內，諸多雜事也依舊追隨而至。谷熾鬆開了她的手，全身繃緊的和從各地傳來的情報交流、彙總、下令，默然無語。

在外人的眼中看來，谷熾就只是直視前方在發呆，誰也看不到無形飛來的各式信物。當然，魂魄受過重傷的白曇更不知道，她輕扯著谷熾的袖子，想跟他說話。

但谷熾掙開，凌厲的看她一眼。

太僭越。白曇心底微微一驚。太忘形了，真的。她對自己笑笑，微嘲的。還真把自己當回事呢，以為有什麼改變，以為可以前進一步。傻氣，真傻氣。

紅塵鍛鍊一場，沒學乖麼？

在誤會中前進的那一步，又因為誤會退回原點了。白曇很快的端正心態，離谷熾遠點坐著，望著睽違幾百年的舊山河。少年時光飛逝，經過魂魄粉碎的反覆壞軌，許多記憶都模糊了。

一種深沉的累湧了上來，她深深的明白，所有的一切，不過是她貪得沒邊，妒得天下無雙所致。即使挫磨至此，她還是眼底只能有一人，固執甚至是偏執的想要一個「我的人」。

但那個人，未必承受得住這樣變態又沉重的期待。她這樣明白，這樣明白，所以一直約束得很好，甚至和一個彼此看不順眼的人結成「唯一」。但她太容易誤會了，自以為是。

反覆自我勸誡許久，再抬頭時，她恢復冷靜又平和的模樣，像是什麼也不曾發生。谷熾並不知道原本拉近的距離又成天涯，等他忙到一段落，回頭看到白曇離他極遠的望著窗外，命令她，「坐過來點。」

白曇依言坐近些，離他一臂之遙。谷熾無所覺的縮短那點距離，「倒個茶來，渴了。」

她也乖乖的倒茶，谷熾一飲而盡。「怎麼不說話？」他問。

「……您忙。」她彎了彎嘴角。

「也是。」他揉了揉眉間，卻沒解釋在忙什麼。

直到日落，降落在引國皇宮，他才察覺白曇有些不對。但說有什麼不對，他又說不上來。引國狼族是白曇的轄區，排定明年來作少牢之典。她合乎禮儀的微笑，應對，兼顧了醫君門人和北山谷熾殿下未婚妻的身分，面面俱到。

但她離得很遠。明明就在他身邊，卻覺得非常遙遠，伸手不能及。

晚上睡下再問吧。谷熾想。女人真麻煩，突然就陰陽怪氣。他的心思轉到情報上，此途危機重重，這一路卻沒有任何異樣，反而讓他不安。

其實不該把白曇拽來。她恐怕沒有自保能力。但讓他這麼久見不到白曇，他有點不寒而慄。很愚蠢，但也沒辦法。與其心一直吊著、無法專心，不如帶在身邊。

她說，「谷熾。你是我的『唯一』。」重重的點醒他，原來，他這麼渴望聽到這句話。

但現在不是想這個的時候。引國狼君非常熱情的宴請他們，這也是外交的一部份。引國和北山接壤，兩國關係還不壞，雖然種族不同。畢竟兩國都不是太顯赫的氏族，脣齒相依，互相奧援又沒有太大的利益衝突。

他心底掠過一層淡淡的憂慮，卻沒抓清楚是什麼。宴會已經到了中途，引狼族豪爽，不重座次，他現在就和狼君促膝而談，環繞著狼君的兄弟子姪，白曇和女眷們坐在大廳另一頭，笑語嫣然，僕從來去都帶著笑意，很美好的歡宴。

一個絕好的刺殺地點。谷熾的瞳孔緊縮。若在這兒他和白曇雙雙身亡，引狼族非背起這黑鍋不可，九尾狐可以號召狐族全面對狼族宣戰，醫君也不可能坐視。

「白曇，過來。」他開口。

但過來的卻是一發陰冷的箭。扮成僕從的刺客動手了。他接下箭，反手插入刺客的胸口，「白曇！」

「沒事。」她淡淡的說，「我行的。」揮出龍皮鞭，鞭末輕揚粉末，擊打刺客時，讓那些訓練有素的刺客發出驚人的慘叫。

果然又是冥道的刺客啊。滿聰明的，夢魅。侵入夢中，把人吃乾淨，取得指揮權。難怪誰也沒察覺到。但她替谷熾祓除過鬼氣，為了防患未然，將龍皮鞭在驅鬼方裡頭浸泡過了。

這麼多年沒耍鞭子，看起來也沒生疏太多。不僅僅是自保而已。不管毀到什麼程度，她終究是醫君的弟子。

但沒有給她太多發揮的空間。發怒的谷熾燎起漫天狐火，霸道蠻橫的燒滅了刺客群，還誤傷了幾個狼族貴冑。幸好傷不重，只是外觀有些狼狽而已。

狼君又驚又怒，再三道歉，心底也是陣陣發寒。他也想到最糟糕的結果……那簡直是覆國之殃，嚇得他把外駐的軍隊都叫回來，整個皇宮弄成個銅牆鐵壁。

谷熾溫和的安慰狼君，再次重申兩國友誼，扶著白曇就告退了。

等兩個人獨處時，他面色不善的問，「妳為什麼這麼冷？」她身體幾乎沒有體溫了。

「全力鼓動真氣，我可以堅持十五分鐘。」白曇低聲回答，「沒事，我已經請人去熬藥了，喝了就沒事。」

抱著白曇，他竭力讓自己冷靜下來。以後，絕對不讓她離開半步。他失態了。以前他總是保留實力，鮮少發怒。第一次這樣衝動……怕面對的是她的屍體。

但她現在冷得跟屍體沒兩樣。安靜得非常虛無，像是隨時會消失。

直到她灌下那碗漆黑的湯藥，才稍微回溫。她溫順的依在谷熾的懷裡，輕輕笑了笑，「殿下，我能保護自己的，沒事。」

「我有事。」他咀咒一聲，低頭吻了她，覺得自己的心跳還不穩，陷入一種無言的慌張中。

白曇閉上眼睛。男人真是一種反覆無常的生物，讓人不知道該怎麼應對才好。她在心底，深深的嘆了口氣。

谷熾只是吻她，就抱著她睡，很規矩。只是全身繃緊，睡得極淺。白曇仔細想想，總歸一下，恍然大悟。是她沒仔細琢磨，此行非常兇險，難怪谷熾一直處於備戰狀態，這麼不耐煩。

她自我嘲笑了一下，又覺得愧疚。

一開始，就只是為了很簡單的理由，沒有要求什麼，相處起來和諧，人心都是肉做的，所以願意好好相處。是她不好，為什麼湧起貪念。

谷熾肩膀上壓著很多責任和重擔，他也早就說過沒力氣在感情裡頭攪和，所以才決定跟她來往。得寸進尺啊得寸進尺。她放鬆下來，窩進谷熾的懷裡。

淺眠的谷熾醒了一下，不知道為什麼白曇又好了。沒哄她，也沒陪小心。他見過谷炫哄他的妻妾，也知道部屬和女友或老婆的種種。有時候覺得那只是屁點大的事情，女人卻那麼較真，非讓男人服軟不可。

白曇總是自己就好了，不用他哄，也不用他騙。生氣就自己發發悶，有時候唱唱歌，然後就沒事了。這麼懂事、這麼乖，卻讓他心很疼。暴起刺殺那一刻，他的血都冷了，她還冷靜的回答，「沒事。我行。」

「對妳不好，但妳不准走。」他帶著渴睡的沙啞說，「更不准死。」

她安靜了一會兒，更柔軟的貼近他，「沒。」

這個小小的摩擦就這麼揭了過去。畢竟他們早就不是少年，肩膀上都

等公主們願意放她走的時候，已經很晚了。她洗好澡靠在床上看書時，谷熾才一臉倦色的進來。

「九尾狐王和儲君……」他冷笑一聲。

大概要崩了。父子相殘，人間悲劇。她默然，詢問似的看著谷熾，他搖搖頭，「我們不摻和任何蠢事。」他話題一轉，「那些女人找妳說什麼？」

「沒什麼。」白曇淡淡的說，「都是舊識，講講她們的戀愛史。比小說還曲折離奇，感人肺腑。」

「只要她們不自己下去淌渾水，死誰也不會死到母狐狸。」谷熾冷笑一聲，「這些女人騙人是一把罩的。」

「我知道，」她笑，「因為她們連自己都騙了。」

騙自己一切美好，不懷疑兄弟離奇的死因，只專注的追求自己的愛情。很聰明，也很悲哀。

但她也不得不承認，她是有些羨慕的。她羨慕那些蜜糖似的甜美，就算沉溺一時也好。但那些故事，永遠都不會是她的。個性決定命運，而她該受的教訓也受夠了。

「白雲。」谷熾喚她，語氣有些遲疑。

她抬眼看，好脾氣的等著。

「……不管遇到什麼人或什麼事，妳都是我的人。」他鄭重的說，「辱及妳就是辱及我，我絕對不會放過，妳也不用忍耐。記住了？」

白雲雖然不懂，還是點了點頭。

不過，第二天她就懂了。

九尾狐身為靈獸之一，和天界有些關係。所以，賓客中，來了不少天界的賓客。而且這些賓客，不少是舊識……包括她曾任職的星宿諸星官。

御女和軒轅赫然在內。

往事轟然的撲了上來，連同被細剮仙體時沒有盡頭的疼痛。白雲並沒有呆很久，外人看來，不過是眸子暗了暗。她沒理魂魄裂縫畏懼的疼痛，而是彎起嘴角，走在谷熾背後一步半。

谷熾回頭看她，「……我到昨天才知道。」聲音很低，帶著絲微的歉意。

「嗯。」她笑得更深些。

她已經不是以前那個驕縱任性，什麼都不怕，什麼都不管的白曇了。她終於懂得責任、懂得不丟親友的面子。因為在她最淒慘的時候，只有這些人會為她心疼流淚，會保護她。

她不能表現得太誇張，要有禮、自制。她是醫君的弟子、谷熾的……未婚妻。就算不喜歡戴上面具做人，但暫時的忍耐還是應該的。

初宴很和諧，最少表面上是。誰也看不出來九尾狐皇室已經到了骨肉相殘的地步，一派和樂融融。連天界來的貴客也笑語晏晏，非常斯文飄逸……雖然御女瞅了她幾眼，眼神裡充滿了嘲笑和不屑，但也沒發難讓她難堪。

當然，她喜歡玩陰的。當晚她就知道了。

谷熾扔了一個玉簡給她，她只看了開頭，就知道了。這是她在人間生活的一個片段……不怎麼想讓人看到的片段。他們也真閒，居然盯著她的生活還錄影。

他的臉色陰沉得像是要颳暴風雪，「為什麼？」

白曇聳聳肩，「我在天界不太檢點，勾引很多仙官……直到遇見了沐鱗……他是花神那兒管灌溉的仙官。」

以為那是「唯一」，墜入情網。但那個羞怯的男人不肯在天界苟且，跟她約好私自下凡，結為夫妻。

後來沐鱗告發了她，她被綁往刑仙台，剮了仙體貶下凡去。

「這些我知道。」他的聲音更冷，「但關御女什麼事情？」

「……御女是公孫軒轅的女伴，星宿星官之一。」她面無表情的回答，「我勾引誰就是不勾引軒轅，他自尊受傷。剛好出了這事，他把我交給御女發落。」

御女發落得很徹底。邀集那些被她勾引過的、恨她甚至交好過的天人，半開玩笑的在她的受貶歲月加上不少阻礙和痛苦，在他們看來，不過是個小小的玩笑。人生六十年，和動輒千萬年的歲月來看，不過滄海一粟，轉眼就忘。

她就懷著朦朧的疑惑和絲微殘留的記憶，在紅塵裡挫磨又挫磨。尷尬的維持一個少女的靈魂，外表卻是那樣粗陋，一年年蒼老，卻身不由己的經歷愛與被棄的輪迴。

她死前兩年，御女安排了一個殘酷的劇本，讓時年五十八歲的老太太，惡狠狠的被騙婚。於是她崩潰，發了急性精神分裂，魂魄終於熬不住的粉碎了，最後死於莫名的心臟出血……真正的心碎。

狼狽至此，就算醒悟了前因後果，她也無能為力。但御女不饒她，還想拖著魂裂心碎的她回天繳旨。是師傅將她帶回來，將養了十年。

御女永遠不會饒過她了。現在還給了這樣「精彩」的玉簡給谷熾……大約她覺得白曇沒有幸福的權力。也說不定是公孫軒轅授意的，誰知道？都不重要。

但不管天人被貶，還是妖族入世歷練，沒人會追究人間發生什麼事情的。可是看起來，谷熾要追究了。她已經將一切都告知，但他依舊憤怒。

她真的覺得好累。

谷熾走了出去，那晚以後就沒跟她同房。她低潮了一夜，天亮就自我寬慰，振作起來。是她思慮不周，以為沒人會介意如夢凡塵的經歷。連她自己都羞於面對，何況這麼一個目下無塵的狐族殿下。

她依舊保持著冷靜自制的態度，熬過整個婚禮，整整五天。小五的冷嘲熱諷都像是沒聽見，嚴肅的扮演自己的角色。

她極力警覺的不讓自己獨處，但還是被鑽了空子，被公孫軒轅逮到。她抽了三鞭逼開，警戒的隔了一丈，「軒轅，別逼我。」

他凝視著白曇，白袍飄逸，面目清朗和藹，如日月之華。笑得如此和煦，「現在，敢照鏡子嗎？」

真敢問。不就是他親手毀了白曇的臉？「敢啊。」白曇淡淡的回答，「就不照你的鏡子。」

軒轅的臉漸漸沉下來，「妳以為逃到妖界，我就拿妳沒辦法？」他輕輕挑眉，「妳怎麼老挑低賤又薄情的男人呢？」

「那是因為，有個更低賤、更薄情的男人插手啊。」白曇嘲諷的說，「軒轅，我處處讓步，是因為不想搞出更大的事情。至於麼？用盡心機把個不怎麼樣的女人推上禍水的位置。你唯恐天下不亂，就自己去攪和吧，別想著我會隨你的節奏起舞。」

軒轅眼一瞇細，白曇的龍皮鞭就已襲上眼前，沒想到虛晃一招，龍皮鞭反向鞭打了想偷襲的御女，雨點似的在她身上留了三十二道鞭痕，臉孔就挨了十鞭，連一招都沒出就倒落塵埃。

一扭腰，白曇已經在十丈之外。「別逼我，軒轅。」她厲色，「一對一，甚至一對二，你們都不是我的對手。真要跟我對著幹，出動二十八宿所有星官吧！」

「……妳確定？」軒轅臉色陰沉。

「在你解禁之前，我確定。」她冷笑，「玉皇會怎樣對付你？如果你解禁了？前任中天上帝，現在也只是二十八宿之一的星官。你敢觸怒玉皇麼……？」

她露出妖嬈的笑，像是當初剛升天時的小女仙。妖嬈放蕩，百無禁忌，點燃男人所有的渴望。

「別惹我。」她露出厭惡的神情，「用不著我師傅，我就能把二十八宿翻過去！」

令人痛恨又焦渴的女人。「為什麼不是我？」軒轅壓低聲音問，隱含暴怒的。

「因為我討厭你。」她輕視的望過去，「你已經有了太多，而我只要唯一。」

她立即轉身離去，軒轅的聲音追過來，「但妳的唯一……總是棄妳而去。」

白曇沒有回答，只是奔回自己的居處。倒不是不敢回答，而是十五分鐘要到了。倒在床上，她冷得幾乎維持不住魂魄的完整。

軒轅，你錯了。現在對我來說，唯一也不怎麼重要了。被棄就被棄，沒什麼了不起。一個人也能夠過，我已經不是那個怕寂寞的小孩子。

她昏厥了一會兒，又自己醒來。哆嗦著起來煮藥，默默的等著，靠一點火光溫暖自己。等她喝完藥，覺得緩過氣來，也下定決心。

等北山狐一行要告辭歸國的時候，她把撒遍梔子花的禮服包好，交代隨行的侍從，說她跟小師妹先回縹緲峰，就折了桃花，全速飛走了。

其實，她根本沒要回縹緲峰。其實，她若好好跟谷熾說，化解他心底的一點不舒服，說不定什麼事情也沒有。

但她很倦了。她已經受到懲罰，很多很多懲罰。被貶下凡，她在人間沒有過去的記憶，做些什麼，丟不丟臉，她都無法控制。她已經夠過不去這關了，用不著一個人不斷的提醒她。

她也希望，她真的希望，她從來沒有抱過男人的腿哭得那麼慘，她也希望，她從來沒有為了留下男人那樣屈辱過自己，直比娼妓。她真的希望那些事情都沒有發生過，只是繁華夢一場。

但不管受了多少懲罰，就是不能被寬恕。那就這樣吧，沒關係。

那包衣物裡頭，有個破裂的銅鏡。谷熾一定懂她的意思。她沒有帶走一半，就是永遠不要圓了。

這次她要找個沒有任何人的地方，好好的冷靜下來。只是那地方在哪，她還不知道。

第七章

她終究沒找到無人所在之處。她不明白，既然如此憎惡，為什麼谷熾就是不饒她。她總是望風而逃，非常辛苦。

最後師傅找到了她，遞給她一個指環。

那是一個通往人間的指環，十年一度。也好。面對自己的惡夢，而且是谷熾找不到她的地方。

她叩別了師傅，就踏往人間。是她死後十年了，二十一世紀初。一切的變化都那麼大，她已經找不到自己的孩子，甚至她生活過的痕跡。

原來，惡夢也早遺失在時光那頭，只有她還在糾纏。

人間的空氣很不好，但她渡海到一個叫做「台灣」的小島，到空氣更不好的台北落腳。和她以前生活的香港，相似又完全不同。

住在二十二樓，俯瞰清冷燈河。原來遮蔽了天上繁星，人們就用人工補足銀河。一陰兮一陽，總是此消彼長。

她很快就對這樣的生活滿意起來。她總是想，找不到沒有人的地方。但在這巨大污濁的城市裡，關上門以後，就再也沒有任何人。她憑著前世的記憶和堅毅，很快就適應了這樣的生活。

她甚至還弄了部電腦來玩兒，幾乎足不出戶。在這種幾乎自我麻痺的蝸居中，她終於尋找到久違的平靜，魂魄的傷痕用緩慢的速度漸漸癒合，只是帶著厚實的疤痕。

閉門一年，賣寶石的錢快花光了，她開始在這城市找生活。老是用騙的，很累。這城市還是有流蕩的妖族，她尋了門路買了身分證，甚至無可無不可的去一家鼠妖開的診所當掛號小姐，一個禮拜三天晚上。

當然，這是名義上。她主要還是看妖族的病，症狀太淺還不看。但老闆不敢得罪她，整個小島妖族名醫，她是獨一個。

她對錢沒什麼概念，都存在銀行裡，一行數字。什麼都是轉帳的，她不在乎。

應該說，她對什麼都不在乎。她像是受重傷的野獸，靜靜伏在地洞裡，等著傷口痊癒……或者死掉。她甚至可以漠然的面對偶發的孤寂，像是子彈般洞穿她的心臟。或是焦渴的身體，叫囂著慾望。

非常漠然的，看著自己。對著鏡子裡面目全非的自己咧嘴一笑，自言自語，「此身非吾所有。」

連身體都沒有，魂魄都粉碎，還有什麼好介意。

她的醫術很好，面貌很美，常有病人告白。她禮貌而疏離的道謝，下次就陌生了，連面目都沒記住，當然也不說話。

除了偶爾跟師傅寫信，她完全封閉自己，設法不跟任何人交流。總是在很深的夜裡，在鏡面寫信給師傅。往往只有幾個字，問師傅好，說她也好，請師傅不要擔心。

第一個十年過去，她覺得這樣的生活挺好的。什麼都沒有，就什麼都不在意。不在意就不痛。不痛，靈魂的癒合就好一點。

她寫信告訴師傅，她想再待十年。回信的卻是大師姐。紫鳶抱怨她沒有絲毫音訊。說師傅決定深眠，她回去代理醫君的位置。

師傅還是放棄了嗎？深眠，是種防止磨損的修煉方式。像師傅活這麼久的地仙，連仙劫都不能威脅，但她還是決定深眠，不要張開眼睛看這個世界。不知道要睡百年還是千年。

或許修煉還是有必要的。修煉到一個程度，她就可以深眠，好好睡覺。不像現在，白天都挺好的，夜裡亂烘烘的，沒得睡好。

師姐問她幾時回去。她終於懷上了，狐族沒打起來，但小四、小五家打了起來，這兩個人不能參戰，見面跟鬥雞一樣。

谷熾每個月都上縹緲峰問一次妳的訊息。

她被扎痛了。花了十年的光陰，她就是忘不掉谷熾轉身絕然而去的身影。初宴後五天，每個白天她都跟在他背後，扮好自己的角色，但谷熾沒望過她一眼。

既然如此，何必逼問她的音訊？我不想要再受任何懲罰了。夠了，真的夠了。

那天晚上，她把自己的臉給毀了。恢復成前生的模樣。除非師傅醒來，不然誰也恢復不了了。

她卻覺得很輕鬆。軒轅所執著的，谷熾所執著的，就是這張臉罷了。現在沒什麼可以執著的了。

誰也找不到我了，真好。

她繼續留在人間，活得不那麼緊張了。她甚至還去大學唸書，多學點什麼，填塞空洞得幾乎跳不動的心。看到梔子花就繞著走，自己種了棵曇花，開花的時候，整夜不睡的陪著，直到天明凋謝。

瓊花，又稱曇花。芳華只有一剎那。

她的芳華，也只有一剎那，連甜蜜都還不曾感覺到，就凋謝了。她累了，不想再為誰盛開。

「不要再懲罰我。」她喃喃的自言自語，「我知道錯了。」

不知道該說給誰聽。說不定是說給命運。

＊　＊　＊

在台北街頭，看到了谷熾。

其實應該說，感覺到。以前她的魂魄傷得太重，神識很遲鈍。養傷十年，現在好多了。而不管怎麼掩蓋，谷熾的存在感還是非常強大。人間很少有這種大妖，非常顯眼。

她幾乎是反射性的隱蔽了自己的氣息，並沒有轉身立刻逃離。省得此地無銀三百兩。現在的她，可以全力施為兩個鐘頭了。她有把握兩個鐘頭內，谷熾的神識找不到她……尤其是這樣多的人。

谷熾的眼神在她臉上掃過，只一停，就轉開了。果然毀容是必要的。

她慢慢的隨著人潮，走下地下道，一步一步的。不明白，真不明白。她和谷熾只相處了幾個月，而別離已經十年。為什麼還要找來？難道是十年不夠久？

從來不曾相愛，只是肉體關係罷了。摘掉感情，誰都是一樣的。這麼巴巴的找來，為什麼？跟軒轅一樣，不甘心？

她不懂。但她真的害怕了，很怕痛。她走向台北火車站，一面打電話給診所辭職，然後打電話給房東說要退租，但什麼都不要了。

她身上有身分證、提款卡。她甚至不用信用卡，因為上面有她不喜歡的貪念味道，提醒她曾有的貪，讓她戰慄。

不要了，什麼都不要了。

她買了時間最近的火車票，通往台中的火車票。像個凡人般走路過去，謹慎的撐著隱蔽術，一直快到台中才放下。

後遺症還是相同的寒冷。冷得她幾乎下不了火車。還是一步步的捱著，走到最近的飯店，隨意要了一間，趕開流蕩的孤魂野鬼，放滿浴缸，躺在熱水裡……只是很快就冷了，她換了好幾次的水。

四肢暖了起來，心口卻冰涼。房間安靜得讓人發慌。她取出丸藥——現在她終於可以吃丸藥，嚥著，打開電視，希望有點聲音，別讓她心口這樣冰冷。

不知道是哪個節目，播著金曲回顧，正是〈後來〉。

谷熾轉身離去時，她沒有哭。軒轅揭她瘡疤時，她沒有哭。孤獨流浪人間十年，她沒掉一滴淚。

現在，她卻熱淚如傾，連關上電視的力氣都沒有。

誰也不愛我，連回憶都沒有。她痛哭，把臉埋在浴巾裡，不敢出聲。

徹底發洩情感後，她有種麻木的清醒。大師姐不像師傅那樣忍得住，大約透了消息給谷熾。看來不能跟大師姐連絡了……反正師傅深眠，她也無須連絡任何人。

對谷炫比較抱歉罷了……但他會很好的。

沒事，一切都好。

關上電視，她安靜的睡了一會兒，又在不安寧的夢裡翻來覆去。清醒的時候，覺得比沒睡之前更疲倦。

但她壓抑著那種從魂魄裡頭透出來的疲累，默默像個凡人奔波，尋找房子，添購傢俬。做這些雜務時，她就不會想太多，有種空白的平靜。

谷熾不知道是怎麼來的……人間到妖界往返並不容易。若是開啟裂縫，那需要耗很大的法力，裂縫開啟的時間還很短。或許三天、五天，長的話也不過一、兩個月。誰能像師傅這麼厲害，還有這種法器呢？

一整個充滿人類的城市搜尋起來是非常疲勞的。等他搜索完台北，時限也到了吧？他在妖界還有那麼多的事情要做……北山狐的未來，他成聖的願望。不可能耗太多時間在她身上……

不過是一時興起。她苦澀的笑了笑，在新居躺了幾天。不是想睡，而是沒有起床的動力。她覺得日子這樣悠長沒有盡頭，平靜這樣容易打破，活著沒有絲毫目標。

求生不得、求死不能。若不是想到師傅哀傷的眼神，她恐怕只想腐朽在床上。

師傅已經夠傷的了，她不振作起來，難道要在這世間唯一的親人心上添傷嗎？師傅深眠醒來，她還是這副死樣子，怎麼對得起師傅？

勉強自己起身，買菜、煮飯、洗衣，在枯燥的家務裡尋找平靜。

她又開始重複在台北的生活，去大學唸書，用知識塞滿空虛的心靈。半年後，覺得安全了，才跟妖族接觸，掛牌行醫。總是要生活下去的。

醫術還是很好，但病人的反應讓她想笑。頂著這樣的面貌，再也沒有人想多跟她說話了。很好。

她漸漸的尋回平靜，魂魄的傷痕似乎不再痛了。若不是御女來找她麻煩，說不定她會沉默的住上百年、千年。

說起來是巧合。一個曾經跟她開過「玩笑」的值年星曹，在作醮的時候瞥見經過的白曇，對她這前世的容貌還有印象，當作笑話告訴御女。

記恨那三十二鞭的御女暗暗跑來想搞偷襲，毫無懸念的讓白曇痛打了一頓。她覺得這女人真不長記性，乾脆的拗斷她四肢，往紅綠燈上一掛。反正總有人會來救。

當初若不是沐鱗假作被俘，她才束手就擒，不然二十八宿星官全體集合，也未必拿得下她。現在她可沒那麼傻……也只有御女才會來雞蛋碰石頭。

就算她耗盡了真氣，也夠唬人的了。她甚至能夠熬住虛冷去上課，現在她已經習慣了。

但命運獰笑的沒能饒過她，讓她在校門口和谷熾狹道相逢。她想冷靜的走開，卻被谷熾霸道的神識掃過。

真是精彩的表情啊。白曇諷刺的想。驚駭到這種地步，一臉不忍卒睹。

「先生，有事嗎？」她很客氣的掙開，沒等他回答，轉身就走。

谷熾卻又拉住她，「妳說有什麼事呢？」咬牙切齒的盯著她看。

「我不知道。」她深深吸口氣，平靜的說，「我想你認錯人了。」

她再次掙開，冷冷的看了他一眼。是呀，他也不敢確定。白曇笑笑的穿過學校，從另一個校門離開。

這次，該去哪兒好呢？她突然羨慕起師傅，能夠深眠逃避整個世界。

最後她真想不到要逃去哪，回家發呆了。她呆呆的坐在玄關，只脫了一隻鞋，打從骨子裡累起來。

門一響，她抬頭，谷熾面無表情的看著她。

好一會兒，他喊，「白曇。」

她沒說話，只是抬頭，將面目全非的臉孔對著他。「你說這張臉還像白曇嗎？這不是易容，我把自己的臉毀了。」

「……為什麼？」

她輕笑一聲，「你還喜歡什麼地方？告訴我，我現在就毀了。只要你饒過我就行了。夠了吧？你還想要什麼？我都逃到人間了……」

「我想要什麼？」谷熾對她吼，「妳連句話也沒留……妳答應我什麼？妳答應我絕對不走的！就那面破鏡子？我不接受！」

白曇看著這個氣急敗壞的男人，反而冷靜下來。這個人，根本不敢正眼看她。到底也只是不甘願。她突然了解狐王倒退那半步，師傅卻寧可深眠逃避一切的心情。

「殿下，」她平和的說，「如果你沒忘記，是你不能接受我前世和那些男人的關係，先離開我的。你讓我一個人去面對天人的侮辱和挑釁，你先說話不算話的。但我尊重我立下的誓言，在你度劫之前，不會跟任何人有瓜葛。現在我連臉都毀了，你不用擔心戴綠帽。希望這樣你能滿意，請回去吧。北山還需要你，你也有自己的目標。」

她站起來，眼前發黑，卻硬是撐住。「再見，殿下。」

谷熾抓住她的手臂，驚覺如此冰冷，「……妳和誰動手？」

「似乎不關您的事啊，殿下。」她甩甩頭，拉開門，「請回吧。人間太污濁了。」

「白曇，我找了妳十年。」他抓緊容顏驟改，慘不忍睹的那個人。心絞痛得幾乎要滴血。

「您何必浪費那些時間。」白曇別開臉，淡漠的回答。

「我想過無數次，找到妳該怎麼辦。」

她覺得更累、更冷，眼前一陣陣發黑。「放過我吧，殿下。天涯何處無芳草。」

「對不起。」谷熾咬牙，「我只是，很忌妒。」

「你不是很忌妒。」她輕聲笑著，「你覺得，很恥辱。開始在意的那個人，居然有那麼污穢的過去，你有潔癖，受不了。我知道的。」撐住門，她勉強保持清醒，「我原諒你。沒關係的，我懂。但請你放過我，也放過自己。我已經受夠了懲罰了。對不起，對不起。拜託你走吧……我連臉都毀了，求你放過我吧……」

「白曇！」谷熾驚叫，她的臉蒼白如紙，嘴唇已經發黑了。

她很想保持清醒，卻無能為力。久已安定的靈魂又飽受衝擊，厚實的疤痕龜裂。耗盡的真氣來不及補充丸藥，她臉一仰，昏了過去。

就是什麼都明白，才會這麼痛，所以才要逃。

能夠一睡不醒多好……但她還是又醒來了。如果谷熾走了多好……但他坐在床頭，一臉憔悴。

她用盡力氣把臉別開。

「妳說得對，比我還了解自己。」谷熾低低的說。

她勉強彎了彎嘴角，卻沒開口。一開口，怕眼淚會掉下來。這個時候是不能哭的。

「白曇，原諒我。」他的聲音更低，充滿痛苦。

「我早原諒你了。」她咽了咽淚，微笑著，「我沒有怪你，真的。」

谷熾想吻她，她卻把臉藏在被子裡，「別這樣。你看著我這張臉只想吐，別為難自己又為難我。」

她翻身面著牆，「我沒事了。別擔心。」

「妳以為妳什麼都知道嗎？」谷熾揚高了聲音。

「是。我什麼都知道。」她平靜的回答，「因為我曾經仔細的留意過你，我知道你所有的喜惡。」

曾經有段時間，她試著開啟自己的心扉，認真的當他是唯一。只是時間那麼短，非常短。只有剎那芳華，連餘香都來不及追憶。

沉重的靜默瀰漫，久到白曇以為谷熾悄悄離開了。但他卻擠上床，貼著她躺著，從背後抱住她。她疲憊而虛弱，沒力氣掙開，只是動也不動。

但那個孤傲又冰冷的殿下，卻哭得像個孩子一樣，害她的眼角也跟著溼潤。

第八章

大概是安逸太久，這次白曇病得差點粉碎。她心底焦急，希望快點好起來。自己撐了十年一點事情也沒有，谷熾來了就這樣要死不活，豈不像是故意的？

但她畢竟高估了自己。她這十年完全控制在沒有絲毫情感波動中，驟然受了衝擊，就非同小可，加上她的焦慮，更痊癒得非常緩慢。

谷熾一直留著照顧她，她也明白。畢竟冰冷的只有外表，殿下的心還是柔軟的。所以她才急著好起來，不想接受這種好意。

但她也有點糊塗了。雖然知道谷熾不是五穀不分、四肢不勤的貴族少爺，但她真沒想到谷熾居然會用電鍋煮稀飯，甚至還能炒幾個簡單的菜。

「我來了一年多了。」他淡淡的說，「頭回用凡人的廚房，差點引起火災。其實也不難，看看說明書就會了……和妳做的那些小東西很像。」

「……樓下就有麵店和自助餐。」她虛弱的說，「我的錢包擱在鞋櫃上。」

「凡人的錢是什麼我知道，我也有。」他扶著白曇起來，拿起調羹，「我不喜歡凡人飯店裡奇怪的味道，有毒的感覺。」

「我自己吃。」她想接過碗，盡力控制指尖不打顫。

「我不介意用嘴哺給妳吃。」谷熾抬了抬下巴。

白曇揚起臉來瞪著他，知道他會受不了。但這招總是讓她自己心很痛。她很氣自己，為什麼還會介意他的眼光，和他的迴避。

但谷熾沒有迴避，反而很認真的看著她，讓她感到很迷惑。他遞過調羹，遲疑了一下，白曇還是張開嘴。

「白曇，妳不是什麼都知道的。」谷熾邊餵邊說，「我在台北見過妳，對吧？」

「……嗯。」

「但我沒察覺到妳的氣息，我以為只是面容相同。很多凡人看起來都一樣。」他慘澹的笑了笑，「妳沒有任何畫像留下，只有鏡子裡的倒影。那倒影……和妳現在一模一樣。我沒有東西可以追憶，只有倒影。我看了十年。」

她將臉別開，又被谷熾轉回來，餵了一口。

「我真恨妳。」他突然說，「連當面跟我說清楚都不肯。不給我一點時間想清楚，說走就走，連頭都不回。我有潔癖，對。沒人能來我的寒竹軒，連谷炫我都不怎麼讓他來。我用過的東西都不給人碰，寧願砸了。我讓妳在我杯子裡喝水，在我碗裡吃飯，睡我的床、蓋我的被子。只有妳可以碰我的東西。」

「我很抱歉。」白曇沙啞的回答，失去所有胃口。

「我在解釋，不是要妳道歉。」他強餵了白曇一口，「在妳之前，我沒碰過任何女人。在妳之後，我也不想碰任何女人。我不知道要怎麼忍受其他人，我只能接受妳。我沒跟女人相處的經驗……沒有心理準備，就接觸到妳的過去。影像的衝擊……真的很難接受。」

「你早晚會習慣的。」白曇勉強笑了一下，「第一次總是比較難受。」

「十年的懲罰……夠嗎？」他低聲，「十一年又一個月了。每一天，都是新的懲罰。我只能撫著鏡子的倒影想妳，聞到梔子花的味道就發狂。我錯了五天，妳已經用十一年來懲罰我了。不夠嗎？」

「這也是我常問的問題。」白曇哀傷的看著他，「我被懲罰了一甲子，你看到的是我被一點一滴慢慢凌遲的紀錄。你覺得我被懲罰夠了嗎？我已經認錯了，我後悔了，但誰肯饒恕我呢？你按著我的傷口，饒恕我了嗎？」

他的臉慢慢發青，「妳到底想怎麼樣？」

「滾出去！」白曇失控的大叫。

谷熾將碗一摔，強吻了她，白曇使盡力氣在他臉上抓了一把。不知道為什麼，他們總是弄到要打架的地步。像是兩隻刺蝟一樣，面對面就要劍拔弩張。像是只有對方才能勾出最壞的脾氣，最糟糕的應對。

「妳明明很想我，為什麼不承認?!」谷熾將她壓在床上，對她吼著。

「是又怎麼樣？你還是個混帳，混帳！」白曇氣喘吁吁的抬腿要踢他，又被壓住，「除了欺負我，你還會做什麼？我恨你！」

「我也恨妳，我真恨妳！」谷熾咬牙切齒的抵著她的額，「妳為什麼不乾脆殺了我？最少是個痛快！要不就殺了我，要不就別想逃得掉！我跟妳沒個完！」

「你看清楚我的樣子，我現在的樣子！」

「妳這樣子我看了十年了！我趴在鏡子上才能睡啊，笨女人！」谷熾顫抖的摸她的臉，「妳為什麼不乾脆毀我的容？妳憋著做什麼？為什麼要傷害自己啊？」

「殿下……你饒了我行不行？」白曇哭了，「我玩不起。」

這麼倔強隱忍的女人，居然也哭了。「我不叫殿下，我是谷熾。」他吻著白曇的眼淚，「谷熾和白曇是沒完的。」

可能是太疲憊也太虛弱，白曇自己也納悶，為什麼肯順了他。只是第二天就發起燒來，昏昏沉沉的。罵人、打架都挺兇的谷熾殿下，又哄又騙的餵藥吃飯，幾乎是衣不解帶了。

他到底想怎樣？白曇真的想不出個答案。

等她漸漸痊癒，谷熾還是無微不至的照料，連鞋都是他穿的。除了那一天的爆發，之後谷熾就讓著她，一臉後悔，反而讓她沒辦法無理取鬧。

病足了一整個月，等她能出門時，已經瘦得可憐，沒有一件牛仔褲能穿，也沒有一條腰帶繫得住了。

現在他們的狀況像是顛倒過來，換白曇在前面走，谷熾在她身後半步跟著。走到哪跟到哪，連她去學校聽課都跟著去，寸步不離。

「殿下，」她忍無可忍，「你似乎該回北山了。」

「我都交給谷炫了。」他漠然，「父王身體也還行，不能太慣著他。」

「……你不是要修聖嗎？」

「妳知道十年來唯一睡好的一次是什麼時候？」他自問自答，「谷炫看不下去，跟我打了一架，把我打暈了。那是我唯一真正睡著的時候。」

「……」

「谷炫罵我不像狐狸精，的確。」他泰然的說，「他說得完全沒錯，我就是對妳太上心，才有求全之毀。」

聽聽是滿好的，真要相信……她實在缺乏那種勇氣了。「晚了。」她惆悵的說。

「沒關係，我時間很多。」他露出古怪的笑容，「我跟妳沒完沒了。」

白曇拿起腳就走了，卻怎麼也甩不掉他。

她心裡很矛盾，不知道該怎麼處理比較好。斷然拒絕？試過了，沒想到谷熾居然裝聾作啞，罔若無聞。口出惡言？她對爭吵那種負面情感有深切的恐懼，何況……她真不知道怎麼罵谷熾，來來去去最嚴重的也只是罵他「混帳」。

谷熾根本不怕，一臉坦然，像是叫他「親愛的」。

而且自從那次爭吵後，谷熾基本上什麼都讓她，有時候氣得臉色鐵青，也只是將臉一別，默默忍耐，讓她更不忍心。她完全束手無策。

就跟吧。膩了就會走了。她咬牙。反正誰有天長地久，說什麼都別當真就是了。說出口，很美，當成願望吧，絕對不是誓言。她的生活很枯燥無趣，她就不信谷熾受得了。

跟了半個月，谷熾問她，「妳誰也不認識？」

「不認識。」她點頭。

「妳天天在學校泡著，每個禮拜去掛牌行醫，還是誰也不認識？」

「不認識，一個都不認識。」

「……妳就這樣過了十來年？」他簡直不敢相信，「像是浮萍般飄蕩在凡間？」

「我不想惹任何麻煩。」她低聲嘀咕。

谷熾很震驚，半天沒講話，只是握著她的手更緊了些。過了幾天，他很嚴肅的說，「我們去上大學吧。離開學只有半個月了。」

「……我天天都在上大學。」白曇一臉莫名其妙。

「不是那種。我是說，我們真的去註冊、唸書、玩社團、交作業，認真念大學。我看妳老鑽中文系，我們就念這個吧。」

白曇抬頭看他，他居然是認真的。「……你昨晚看什麼書？」

「不是昨天。」他承認，「在台北找妳的時候，我無聊，看了一本《未央歌》。」

「……那是抗戰時代的書，現在大學根本不是那樣。」她好笑起來。這樣的谷熾，天真得很可愛。

「是喔，那也沒關係。」谷熾泰然，「難得來人間一趟，也該了解一下人間的滋味。」

「那是要考的。」白曇提醒他。

「不用。」谷熾笑，「在地的狐妖幫我們跑完流程了。不過不住校。」他遞了張金融卡，「哪，他們孝敬的生活費。很多零，我也懶得算，妳收著。」

白曇啞口無言，「……這樣不好吧？」跨界奴役在地人，這算啥啊？

「替我服務還是給他們面子呢。」谷熾冷哼一聲，「撇開北山狐族皇室身分，我到底還是個狐仙。」

……沒見過惡霸得這樣理直氣壯的人。

不過也沒什麼不可以。九月開學時，他們雙雙入學了。谷熾刻意把自己變年輕些，非常清雅脫俗，但不管怎樣都不肯剪頭髮。為了不要太驚世駭俗，只好束條髮帶，綁個低馬尾。

但他們站在一起，落差真的太大，谷熾很大方的說他們是男女朋友，同學都竊竊私語，說是美人和野獸。誰是美人、誰是野獸，不言而喻。

白曇一貫沉默，心底總湧上好笑的感覺。谷熾像是在扮家家酒。一開始，她是不承認的。但谷熾骨子裡很霸道，她一說不是，就當眾擁吻。「妳再說不是，我就再來一次。」

……他很缺乏在人間生活的知恥，但白曇不同。她乾脆不講話，好脾氣的讓谷熾拖來拖去，他們還雙雙參加了國樂社，白曇彈琵琶，谷熾吹簫。

他們在妖界都不是頂級高手，但在大學的國樂社卻強得離奇。白曇雖然自毀容貌，但彈琵琶時的神態卻很動人。谷熾心底大驚，有些後悔。想想她自毀容貌倒不算壞事，若按過去的容貌，該殺的凡人太多了，造業深重。現在他就滿想殺人的。

但是白曇跟人不太講話，就算講話也距離很遠，非常疏離。安心之餘，他又有點難受。後來他特別去旁聽別的課，讓白曇有點自己的時間，沒黏那麼緊，只是神情鬱鬱。

「昨天又看什麼書了？」白曇很快的發現，淡淡的問。

「兩性關係。」谷熾嘆氣。

「……我逃得累了。」白曇笑笑，轉身去上課。

這是說，她不會偷偷跑掉嗎？谷熾卻不知道該不該相信。

不過到二年級時，谷熾轉了數學系。他在大一的時候發現了數學的乾淨（？）、美麗（？？）和和諧（？？？），欣喜若狂。但他缺乏基礎，白曇的數學到三角函數就當機了，谷熾自己抱了一疊書回來研究，居然學得有模有樣。

一個狐仙皇子研究微積分，其實是很唐突滑稽的景象。但他這樣認真的時候，實在很吸引人。

可他能相伴多久呢？白曇都壓著不去想。

他們現在相處得很好，非常好。因為他們放下了肩膀上的重擔，假裝過去不存在，像是他們真的是單純的大學生一樣，一對凡人情侶。

但總有天他們得回去挑起重擔，過去也永遠存在。他們不是單純的凡人大學生，而是活了六、七千年的妖界住民。

「為什麼要去想那麼遠？」谷熾對她說，「我們放個很長的長假好了。三、五百年，還是浪費得起。這所大學念完，我們換個地方再念。凡間這麼多大學，妳喜歡我們可以念個遍。」

「你呢？」

「我？」谷熾笑笑，神情溫和，「妳還在就可以了。」

她幾乎要相信了。但她只是笑了笑，沒說什麼。就是個長假吧，不要多想。不要問過去也不要問未來。就是一日踏過一日，過日子。

第九章

其實，她根本不相信我。

抱著熟睡的白曇，谷熾默默的想著。就算現在這麼乖、這麼溫順的睡在懷裡，她其實根本就不相信，只是不想傷我而已。

她就是這樣。打落牙齒和血吞，再怎麼氣，也沒真的想傷我。連抽鞭子也是威嚇作用，頂多皮肉傷。認真打起來，能慘勝就不錯了，她終究是醫君的弟子，比我也不差太多。

只是她心很軟，很軟。對自己那麼狠，對我卻狠不了。明明我對她很不好。

到今天，我渡過六千八百二十三個春秋了。以前都覺得時光飛逝，一天天過得極快。但沒想到，度日如年並不是誇飾法。那十年，那絕望的十年，讓我深切的體會這四個字的意義。

那是我一生最長的十年。張開眼睛痛苦的看著日影永遠不下去，好不容易捱過白日，又得痛苦捱過大黑，真不知道是怎麼撐過去的。

那一天，得了那個玉簡那天晚上，我真不該走出去。但我既覺得羞辱、痛恨，又因為感到羞辱痛恨而內疚。很複雜。

我想到不知道有多少人看過這玉簡，就覺得極度羞辱、污穢。但我又覺得很恨，非常恨。白曇對我總是不慍不火的，沒什麼溫度。但她對那些男人……那樣的熱情、瘋狂，到底我在她心底算什麼？難道是無可無不可的選擇嗎？

我真恨她。但我不該覺得羞辱和痛恨的。因為她毫不知情的被貶，她也受盡折磨。

我真不知道如何是好。我很想揍她一頓，掐著她脖子問，到底我算什麼，也想抱著她，緊緊抱住她，告訴她我會保護她。

所有的情感都攪在一起，我甚至不清楚我在想什麼。最後怒氣壓過一切，到底憤怒是最容易的。

幾乎是一出房門我就後悔了。我找不到理由回去。我不知道怎麼面對她，或我會怎麼對待她。第二天，第三天，第四天……每天我都在院門口徘徊，每過一天我就越沒有勇氣進去。

白天我甚至不敢看她，明明她就在我身後。我不知道我會打她還是會擁抱她。但我越來越恨她。她只要對我說一句話，一句話就好。甚至不要說話，拉一拉我的衣角，讓我知道她非常重視我，證明我真是她的唯一，我就什麼都可以不要計較了。

但她什麼也不說，那麼壓抑和自制……或不在乎。我每天都翻滾著、沸騰著猜疑和痛苦，我的屈辱來自於……我真的愛她。

直到我知道她被天人挑釁，已經事過境遷了。她的臉色很蒼白，頹下肩膀……走路都有點晃。那一刻，我很內疚，這麼多天複雜又翻湧的猜疑，突然都不重要了。

等我們回家時，在雲乘共坐，我就要告訴她，不管妳愛不愛我，過去發生過什麼事情，那都不要緊。妳好好的在我身邊就可以了，我們都忘了那些吧。我要在她面前毀掉玉簡，誰敢拿這多嘴我就殺了誰。

但我沒等到她，等到的是她絕情的永不圓的破鏡，和我唯一親手贈給她的梔子衣。

她真狠，真的很狠。就這麼離開了，一句話也不留給我，連後悔的機會也不給我。我當場就發怒的將衣服和破鏡撕成碎片又燒掉，然後非常非常後悔。

我僅剩一面銅鏡的倒影可以追憶。發狂似的找了十年，唯一讓我不發瘋的只有注視倒影的時候。

漸漸的，我明白了。為什麼我會那麼厭惡白曇，那個少女白曇。為什麼很少見面，我卻對她瞭若指掌。為什麼她做過任何的蠢事、傻事，我都會知道。原來我默默注視她很久很久了。

為什麼聽說她升仙而去時，我會在埋劍丘吹了一整晚的簫。

為什麼我會拉住她的裙裾請她救我，我這樣一個有著嚴重潔癖的人。

為什麼我只會對她發脾氣，故意惹怒她。

為什麼，她說，「谷熾，你是我的唯一」時，我會被狂暴的歡喜淹沒……

我終於明白，終於明白了。但明白得如此之晚。

谷熾擁緊懷裡熟睡的白曇，輕輕吻著她的頭髮。妳不相信我，沒關係。漸漸的，妳就會明白。

「白曇，我跟妳沒完沒了。」他低聲說，將臉貼在她的髮上，「這次絕對不讓妳走。」

* * *

谷熾買了部休旅車，載白曇上下學，假日外出踏青，幾乎走遍整個小島，像是徹底忘記他會法術，認真的像個凡人一般。

一直待人冷淡，目下無塵的北山狐家大殿下，居然能耐下性子，和同學周旋，和白曇一起去社團，跟同學們聚會、吃飯，唱ＫＴＶ、泡夜店。

白雲看得不忍，「殿下，你不用勉強自己。」

「白雲，你見過誰能勉強我？」谷熾反問，琥珀色的威士忌襯著如玉而纖長的手指，像是藝術品。他晃了晃冰塊，「凡塵不是只有一種滋味。」

她笑著輕輕搖頭，低頭喝長島冰茶。同桌的同學喝得有點多了，一陣陣喧譁。年輕貌美的壽星笑得非常恣意，兩頰通紅。

那女孩非常喜歡谷熾，喜歡到幾乎無人不知、無人不曉。今天也是她特別來邀白雲的，她倒聰明，知道白雲不來，谷熾不可能來。

本來她是規避麻煩的，但吃不消那女孩的三五好友輪番上陣。谷熾說，去吧。省得浪費唇舌。也是。不過就是聽聽音樂喝喝酒，能有什麼？

但人喝醉就沒了理智，特別大膽。女孩笑嘻嘻的撲過來，湊過來抱著谷熾一個火辣辣的吻。

「你為什麼不張嘴？」她哭，「我有什麼不好？那女人醜死了……」

白雲趕緊按住谷熾的手。他已經開始奔出強烈的殺氣和怒氣，這樣一個潔癖的人。「她喝醉了。」

「放手。」谷熾冷冷的，「喝醉不成理由。該死的就是該死。」他的手已經按住那女孩的肩膀了。

白曇趕緊抱住他的脖子，吻了他。他僵住了一會兒，殺氣與怒氣如退潮般，伸手擁住白曇，任她一遍遍的啜吻。

那女孩哇的一聲，奔向洗手間，白曇懸著的心才放了下來。險些血濺五步。可谷熾還是一臉陰沉，她心底苦笑，拉著他先告辭了。

開著車，谷熾不說話，氣壓很低。

「別生氣。」白曇低低的說，「跟脆弱的凡人有什麼好生氣的呢？」

谷熾的聲音很緊繃、厭惡，「我還沒吃過這種虧。」

「怎沒有？還險些引起國際糾紛。」白曇打趣，「你差點掐死了鬼方的王妃。」

「妳怎麼知道？」谷熾訝異，「妳也在宴會裡？」

「那是我第一次見到你。」白曇輕輕的笑，只是笑意漸漸模糊。

那是好久以前的事情了。剛下山不久，離開師傅的管束，和谷炫結成莫逆，開始闖禍。

「谷炫偷偷帶我去參加鬼方婚宴。」白曇說，「大廳太悶，我又覺得跳舞很無聊。跑去花園玩，我以為你是谷炫……走過去，看到新任王妃正在吻你。我想去嚇你們一跳……結果你把她摜在地上，差點單手掐斷她的脖子。」

「對。」谷熾彎了彎嘴角，他想起來了，「妳叫我谷炫，還拉住我的手。」

「你推得我跌了一跤。」白曇揚揚眉，「幸好有人來了，不然我可沒把握擋住你……鬼方王娶妻當大就成了鰥夫了。」

「她不該輕薄我。」谷熾淡淡的說，「……妳的神識範圍很短。」

白曇說不出話來。是，她能操控多道神識，但範圍一直很短。那是她第一次看到谷熾。

即使他差點殺了人，神情卻還是淡漠的。和谷炫長得很像，卻像是峻嶺寒泉，乾淨卻冷冽異常。強大的存在感逼得人不得不注意他。兇猛殘酷，沒有絲毫情感，也沒有一點污穢。

那時她還是個傻傻的孩子，從來沒見過這樣美麗得接近可怕的生物。痴痴的放出神識跟著，跟到感覺不到為止。

後來谷炫尷尬的告訴她，他的哥哥對她有些成見。為什麼會開始討厭谷熾，她也實在想不起來了。甚至她漸漸忘了谷熾的模樣，或許是因為，有張相似的臉孔和她結伴少年遊。

他們一起沉默下來，回想著過去遙遠的往事。在他們意識到之前，已經有過交會。

谷熾打破沉寂，「……妳第一次主動吻我，居然是為了個不長眼的女人。」聲音冷漠，卻帶著淡淡的惆悵。

白曇望著他隱在黑暗中的側臉，遙遠得幾乎遺忘的心情突然湧上來。那個倔強又好強的少女，知道谷熾殿下非常厭惡她時，偷偷躲著哭了一夜，發誓要更討厭他，非常非常討厭他。

之後就躲著他，對谷炫說他壞話。她幾乎都要忘了。三、四千年前的往事了。

「殿下，停車。」她低聲說。

「快到家了。」他湧起淡淡的不安和薄怒。

「請你停車。」她聲音更低。

握著方向盤的指節發白，他猛然停到路邊，發出令人牙酸的煞車聲。

「怎樣？」他語氣不善的問。

白曇解開安全帶，谷熾一把抓住她的手臂，深呼吸，咬牙不說出傷人的話。

但他的確沒說話，因為白曇偎過來，抱住他的脖子，把唇貼在他唇上。他張大眼睛，腦海空白了幾秒，才大夢初醒的回擁，在狹小的空間裡吻了又吻，非常忘情。

那天晚上，他們倆都不知道是怎麼回家的。只記得捨不得離開對方的嘴唇，擁抱得很緊，胸腔都有點痛。他們在一起後，白曇從來沒有這麼熱情過。他都有一點害怕了。

「別離開我。」他的聲音有些顫抖。

「好的。」她閉上眼睛，淚水滑下臉頰。

到天快亮了，谷熾才打了個盹，醒來時身邊沒有人，整個心如墜冰窖。果然……果然！這次再找到她，非在她脖子上拴條鏈子不可，絕對不再相信她說的任何一個字……

「醒了？」白曇探頭進來，「我做了……」

谷熾跳起來，對她大聲咆哮，「妳跑去哪?!」

「做飯啊。」她一臉無辜，「還能去哪？」

谷熾衝過去抱住她，差點抱殺。她被勒得窒息，「……殿下，你也穿個衣服。不冷嗎？」

「不准走。」他咬牙切齒的抓著她的頭髮輕搖。

「是。」她仰臉，有些無奈，「會痛的，殿下。」

他困難的慢慢鬆手，深呼吸的扒過自己的頭髮，煩躁的。白曇卻一臉平和的拿衣服給他穿，拉他去吃早飯。

之後她若起床做早飯，會先搖醒谷熾，輕聲告訴他。她的手藝遠不如谷熾，但她卻開始做早飯和晚飯，反過來照顧谷熾，悄悄的她關了診所的業務。

說不定，將來還是會難過、痛苦。說不定。但萬事萬物，都有消滅的一天，成住壞空。但總不能說，人總是會死的，就不活了。

如果，初見時，她多一點勇氣，少一點任性，說不定不至於惆悵懊悔。走過千奇百怪的歧路和岔途，他們又碰在一起了。

世間沒有所謂的「永遠」，生離死別，妖族也不例外。但殿下已經低下他高貴的頭了，就算是回報這樣的心意，也值得將來必然的苦痛。

又不是沒有粉碎過，不要緊的。所有最壞的結局她都想過了。

谷熾研究似的看著她，捧著她的臉，很認真的問，「這是最後的施捨和溫柔？」他真的害怕了。

「不是。」白曇很嚴肅的回答，「殿下，你為我留在人間。我願意認真對待你的。」

谷熾輕輕吻了她，「但妳還是不相信我，對吧？」

她沒有回答，谷熾也沒有追問。

原本繃得很緊的關係，終於緩和下來。回想起來，白曇不得不承認，在她漫長一生中，凡間的這四年，是最美好的亮點。

牽牽絆絆，跌跌撞撞的牽著手，走過這四年光陰。

畢業的時候，白曇和谷熾攜手走出校門，她回頭望著走了四年的校門口，熱淚盈眶。她在人間的記憶，終於不再全然的慘不忍睹。

那天晚上，谷熾和她坐在屋頂上，看著寂寥的幾顆星星，孤月黯淡。喝著威士忌，冰塊輕輕搖晃，發出叮噹的聲音。

「這四年，快樂嗎？」谷熾問她。

「人間終於有也值得回憶的部分。」她淡淡的笑，「不是……只有不堪回首。」

谷熾難得的笑了起來，像是春風猛烈的颳過她的心田。「四年前，我剛找到妳的時候，我就想跟妳說。但那時的妳，一定不會相信。現在，我想妳應該稍微會相信吧……」

「白曇，我愛妳很久很久了。」

他輕聲而坦然的訴說，從他尚未知覺的注視開始，說到埋劍丘整夜的簫聲。離前別後的糾結掙扎和苦痛，十年的相思欲狂。走過的，所有曲折蜿蜒的荊棘。

他從來不喜歡人間。他會隱忍的在這污穢的世界停留，是因為他的白曇，在這裡。對她吃過的苦和折磨，他無能為力。但最少可以給她幾年美好的回憶，試圖覆蓋一點點。

瘋狂想念她的那十年，他不是什麼都沒做的。他想過一萬次能為她做什麼，卻也只能給她一點美好的回憶，沖淡過往的苦澀而已。

白曇沉默的聽，沒有說話，甚至也沒有什麼表情。

「我終於知道妳唱的歌是什麼了。」谷熾的聲音很輕，「〈後來〉，劉若英，對嗎？」

他輕輕唱了起來。現在他知道藍色百褶裙長什麼樣子，他也能懂為什麼白曇一遍遍的、幾乎無聲的唱這首歌。

錯過，很簡單。但有些人，一旦錯過就不再。

「永遠不會再重來。有一個男孩，愛著那個女孩。」

白曇面無表情的流下眼淚，將臉貼在谷熾的手臂上。沒有聲音，吞聲的。我被饒恕了嗎？我能相信了嗎？我能夠不錯過嗎？可以了嗎？

掙扎許久，她哽咽的說，「……谷熾殿下，我願意相信你。」低得幾乎聽不見。

谷熾輕輕攬著她，怕碰碎了一樣。眼眶發熱，心口發疼，但終於可以呼吸了。原來他幾乎是窒息的過了這麼十幾年。

「畢業就結婚，會不會太早？」谷熾低聲問。

「不會。」白曇說。

天一亮，他們慎重的去公證結婚，谷熾買了兩個黃金戒指。沒有花紋，谷熾自己在內圈銘刻了兩個人的名字。

沒有賓客，沒有祝福。他們在公證處外的長椅交換戒指，緊握著對方的手，很久很久。

「我們回家吧。」白曇說，「我們回妖界。」

「好。」谷熾點頭。

踏入寒竹軒時，滿院的瓊花。全北山的瓊花都在這裡了。谷熾掐準了時間，一夜開一株，三百六十五個剎那，填滿一整年。

像是他希望的一樣，和白曇攜手看著每夜的芳香剎那。

他的心願終於達成了。

紫鳶匆匆趕來的時候，白曇心底已經有些知覺，正準備上縹緲峰。

一個流言用極快的速度散播開來。據傳：醫君殞落。

「白曇！妳連絡得上師傅嗎？」紫鳶氣急敗壞的俯衝而下。

「不能。」她迎上前，「我正要回縹緲峰。」

「不用去了。」紫鳶急白了臉，「師傅離開縹緲峰了，只留下一封信，要我們將祭典歸還各國。」

祭典歸還？白曇心底緊了緊。祭典本身並沒有什麼難度，稍有些修煉的都能當主祭。但祭典始於醫君，等於是無言的宣告妖界在她庇護之下。

「出了什麼事情？」白曇問。

「我不知道。」紫鳶茫然，「二師妹說，師傅突然從深眠中清醒，把信交給她，就匆匆離開了。」

白曇接過信，信底寥寥數句，要她們停止祭典，歸還三十一國自主，並要她們各自保重，無須再慮師門。怎麼看，都像訣別信。

「師傅身體……」白曇心亂如麻。

「噓。」紫鳶阻止她說下去。

「來不及了。」白曇扶額，「流言出來了，說、說師傅已經殞落。」

紫鳶的臉更白了。「……怎麼會？不會的。不會這麼快……」

「師姊妹都知道了嗎？」白曇冷靜下來。

「我已經都通告了。」紫鳶握緊自己的手，「我以為師傅會來探妳，所以……」

「怎麼可能？」白曇苦笑。

「怎麼不可能？」紫鳶訝異，「師傅原本有意將醫君之位傳給妳。」

「我？」白曇瞠目結舌，「為什麼？我醫術不如妳，學識不如燦火，施毒不如阿藍……」

「妳武鬥遠勝我們。」紫鳶苦笑起來，「妳不知道？原來妳不知道……師傅刻意培養妳，還勒令妳修仙。若不是出了意外……」

「我真的不知道。」白曇感傷起來，「但我也不想要。」

「我知道。」紫鳶揉了揉額角，「狀況不明，也不能大張旗鼓的找。

我們盡力吧……」

白曇點了點頭，和紫鳶分別後，立刻去找了谷熾。他沉默了一會兒，立刻吩咐情報部，輕嘆一聲，「妖界要亂了。」

「和平這麼久，已是異常。」白曇心事重重的說。

谷熾默然無語。好一會兒才說，「白曇，我總覺得這事兒透著詭異，妳不要在外亂轉。別反而把自己搭進去，徒然添亂。」

她低頭想了一會兒，點了點頭。

無頭蒼蠅似的亂跑，只是增加麻煩而已。她穩住心神，在鏡面施法，試圖追蹤師傅的行蹤。

但不管醫君的徒兒們用了什麼方法，極盡所有人脈，醫君卻像是蒸發似的，誰也找不到。

流言越傳越烈，短短數月就如烈火燎原。失去這個超然中立的智者，和妖界接壤的諸界諸道，都有些蠢蠢欲動，尤其是冥道，已經爆發幾次小規模的衝突。原本少有戰爭的三十一國，也開始出現摩擦。

就在這種焦慮的狀況下，終於有了醫君的消息。

怎麼樣都無法傳達的鏡信，居然得到回應。鏡面出現熟悉的筆跡，要白曇速回縹緲峰。

這種鏡面傳信專屬於醫君和諸徒所有，白曇懸了五個月的心終於安定下來，匆匆命人告知谷織，就飛回縹緲峰了。

但她絕對沒有想到，竟是直接走入一個背叛的陷阱。這是她最大的盲點。她從來不曾懷疑過師傅，也不會去懷疑自己的師姊妹。這些人都是孤兒的她，沒有血緣的親人。就算偶爾爭吵，也是打斷骨頭連著筋，無可毀壞的堅固。

只是已經成為九尾狐儲君王妃的朔陽並不這麼想。

當她踏入縹緲峰，就知道不對了。但她真不願意相信，小五真會和她刀刃相見，更不想相信，她會制住二師姐和小師妹。

「束手就擒吧。」朔陽冷冷的說，掩蓋不住洋洋得意的味道，「妳要看二師姐和小師妹因妳而死麼？」

在朔陽身後，是九尾狐儲君夜玄，以及數十個九尾狐的高手。

她被包圍了，同時陷入一個讓她心痛不已的陷阱。

白曇眼神一閃，壓下憤怒和心痛，淡淡一笑，「我拒絕。」

朔陽雙眼欲噴火的瞪著她，提起二師姐的孩子，一個清麗的少年，已然昏厥。「妳認為我不敢動手？」

「妳敢，妳當然敢。」白曇平和的說，「但我束手就擒，妳就更敢了。」她沉下臉，殺氣漸漸沁發，「小五，別小看了我。妳從來就不是我的對手。」

夜玄笑了起來，聲音魅惑而譏諷，「朔陽，我就說過她不會認輸。」

「那可由不得她。」朔陽眼中燦出厲色，將手下癱軟的少年一扔，「下任醫君應該是我，絕對不會是妳，白曇！師傅憑什麼總是看不起我？憑什麼?!」

「妳知道師傅在哪？」白曇問，「妳要拿我們威脅師傅？真愚蠢。」

「妳當她還是以前的醫君嗎？」朔陽譏諷，「她早就不行了。若不是要得到她完整的元神，怎麼容她逃走？」

轟的一聲，白曇的殺氣噴薄而出，強烈的壓力鋪天蓋地而來。她的聲音卻很平靜，「我很久沒殺人了。」

朔陽冷笑一聲，「妳以為我還是以前的小五麼？或者妳以為妳還是以前的白曇？」她也放出強烈的殺氣和蛟火，異常張狂的。

白曇輕輕挑了眉，偏了夜玄一眼，「車輪戰？」

夜玄淡然的笑，「我是個謹慎的人。」揮手和他的近衛後十丈。

「聰明的選擇。」白曇讚了一聲，抽出龍皮鞭，朔陽也同時抽出蛟鱗鞭。幾乎是同時的，兩人折花，迅如閃電的攻向對方。

白曇和朔陽，其實有很多地方相似。

同樣都是在武鬥上有極高的天分，同樣都美貌而驕傲。使用相同的武器，走著類似的火系路線。

但不管是什麼，朔陽就是差白曇一點點，白曇永遠走在她之前幾步。什麼都比這位驕傲而身分高貴的蛟族郡主，多了一點點。

明明功力不相上下，朔陽永遠是輸的那一個。明明容貌個性沒有太大差池，男人就是喜歡白曇。明明努力的程度一樣，師傅就是看重白曇，選她去瀛島修仙，還準備把位置傳給她。

她早就無法忍受了。沒有一天，她停止磨練自己，而白曇已然碎心裂魂，頂多堅持一個時辰。她要贏，一定要贏，她也一定可以贏。

挾帶著狂暴的蛟火，她折花飛行，揮下蛟鱗鞭。白曇卻將折下的花化為濃重的霧，穩穩的站在地上等著，等濃霧遲滯了朔陽的攻勢，她才揚鞭以逸待勞的直取朔揚的面目。

然而朔陽的鞭靈活如蛇，蜿蜒的和白曇交纏在一起，互相借力的彈開數丈之遠。

「有進步。」白曇微微一笑，濃霧分為數股疾馳而去，被朔陽摘葉化去。

招式相似，屬性相同。兩個都是以快打快的路線，身影越來越快，像是兩股烈火互相碰撞，火星四射。

觀戰的夜玄不得不承認，這是很具觀賞性和觀摩性的超高水準武鬥。白雲和朔陽可說是勢均力敵、不相上下。醫君門下無庸手，誠然。

但他不會加入戰團。他擅長鬥智，鬥力非他的強項。白雲，太冷靜，讓他高度警惕起來。

她掩蓋得很好，無人知曉她使盡全力可以維持約一個時辰巔峰時的狀態，除了醫君和師姐妹。原本以為，她會因此躁進，卻沒想到她能如此平靜的周旋，相較於朔陽的狂躁，她的確於武鬥上有更高的敏感度。

加入戰團，只是給她擊弱制強的機會罷了。他不急，就算朔陽落敗也不急。朔陽就算不勝，也能一點一滴的耗損，拖住白雲。等朔陽不行了，就換他的屬下跟她耗，他總是有機會補上最後一刀。

九尾狐的迷毒，獨步妖界。醫君的二徒和小徒躺在那兒人事不知，首徒的孩子也讓他派人去綁架了，不怕她不乖乖聽命。燦火那兒自然有人去對付。

等拿下了白雲……醫君最心愛的弟子，她還躲得下去嗎？

他彎起一個愉悅而殘酷的微笑。天人雖然武力上廢了點，但心計頗有可取之處，合作起來很愉快。

他的王妃，還真的很努力，真的拖滿了一個時辰。雖然還是被擊倒。但白曇……也不行了。

即使如此，她還是很美，非常美。以前的她若是狂火，現在她就是透明的焚風。猛烈到無視五行相生相剋，暴戾而猛烈的颮熄了蛟之火。搖搖欲墜，卻還是這樣驕傲的逼視過來。

夜玄彈指，他的部下沉默而迅速的衝上前……最前的卻猛然撲倒，漸漸如蠟般融化，連叫聲都沒有發出。

「哎呀，不要那麼衝動嘛。」應該會昏迷數月的小師妹阿藍，將雙手攏在袖子裡，不知道什麼時候站了起來。她站立的地方漸漸變黑，空氣因高溫和劇毒扭曲，繞過她的師姐妹，無聲無息的侵往夜玄的方向。

緩慢，但堅決，無可動搖，什麼也不能阻止。代表死亡的黑暗。

「阿藍，妳怎麼這麼慢？」白曇軟軟的跪坐下來，因虛弱寒冷而顫抖。

「阿姐，妳以為九尾狐迷毒好解麼？」阿藍皺了皺鼻子，「我連本命火和本命毒都拿出來了，不然哪解得掉？那是要時間的！」

本命火……本命毒？

不可能的。火鳳才有本命火，毒龍才有本命毒。夜玄看了一眼生死不知、倒在黑暗中的朔陽……當機立斷的撤退，來不及救他的王妃，懷著未知的恐懼。

他怎麼都想不通，那個最不起眼的醫君小徒，到底是什麼東西。他只本能的感覺到非常非常危險。

的確。人人都知道，醫君有六徒，各有驚世絕艷之處。但小徒醉心於祭典儀式，是個書呆子似的少女，容貌平平，沒有顯赫的來歷，向來為人所忽略。

但這個叫做阿藍的少女，出身卻最為特別。只是她醉心研究，沉默低調，性情孤僻，只親近白曇和師傅，出身也只有她們知曉。

妖族間通常要血緣相近才生得出子女。雖然常有異族通婚，往往都知道不會有子嗣。但阿藍是個例外中的例外。

她的父親是毒龍一族，母親是火鳳一族。春風一度，母親意外有孕，孩子卻是人形。一隻非常特別的混血妖，孵化後就有本命毒和本命火，無法擁抱。

原本要處死，但無人可近。醫君憐憫這孩子的無辜，悄悄偷走後封印帶回縹緲峰，成為她最後一個弟子。

「跟我玩兒毒呢！」阿藍咕噥，「我承認很厲害，但有我解不了的毒麼？只是要時間而已！若不是相信五師姐，我才不會著了道兒。」她慢慢的收回本命火和本命毒，精神委靡。

白曇抖著手，給自己塞丹藥，坐在地上垂首。「……」二師姐要緊不？」

「沒事。」阿藍還在收火與毒，「等我緩過氣。五師姐怎麼辦？我有個人類的方子，牽機藥特效加強版。阿姐，妳覺得如何？」

白雲默然無語。阿藍很少發火，一旦發火卻特別殘酷。

她揚手出鞭，貫穿朔陽的心臟和太陽穴。昏迷中面臨死亡，快而且痛苦少。

「太便宜她了。」阿藍很不滿。

「阿藍，我很久沒殺人了。」白雲覺得更虛弱，乾脆躺下來。「我不喜歡殺人。」

「我也不喜歡。」阿藍面無表情的說，「但我會很高興的慢慢殺掉她。背叛師傅，死。」

白雲苦笑起來，閉上眼睛，想讓暈眩趕緊過去。她知道，阿藍會動手。但她寧可自己手上沾滿血腥，也不想讓她的小師妹沾到一絲半點。

昏迷前，白雲迷迷糊糊的說，「通知大師姐和小四……」希望她們平安。希望師傅，也平安。

醒來以後有好多事情要做。當中最重要的就是，誅殺夜玄。饒不過他。沉睡得很深的煞性，憤怒的在胸口裡叫囂，她畢竟不是個善良的人。

但她終究沒能親手誅殺夜玄。

第十一章

緊急撤退的夜玄，甚至才剛逃離縹緲峰的範圍，就被攔截了。

巨鷹從天而降，猛烈的風壓逼得夜玄和殘留的五個部下都無法前進。巨鷹落地化為一個英武魁梧的男子，緩緩睜開琥珀色的眼睛。

「九尾狐儲君夜玄？」男子冰冷的看著他，像是看著一個死人。「你令人綁架我兒子？」

很重視情報力的夜玄瞭然，「你是紫鳶的姘夫？」他嘲諷。梧桐林白鳳的侍衛，身分低下的賤民。他揮手，煩躁的他需要一些鮮血來平靜。部下恢復真身，靈獸的九尾狐。

男子笑了一下，冰冷若玄天之霜，瞳孔微微緊縮。

胸口一涼。到死都不知道他幾時拔劍。他的部下比他早幾秒齊齊割斷了喉管。

「高貴的血緣一樣愚蠢。」男子微笑的在夜玄的耳畔說，「靈獸的爪牙早被富貴磨鈍了，嗯？」

拔出劍，男子在夜玄還有氣的時候，慢騰騰的剝了他的狐皮。「拿來作我兒子的襁褓，壓壓驚吧！」

直到巨鷹揚翅遠颺，夜玄才模模糊糊想起，他的名字，似乎叫做鷹揚。

＊　＊　＊

同一日稍早，紫鳶在尋師途中遭襲。

對方來歷不明、身分不明，甚至沒有跟她硬碰硬。而是調虎離山殺掉她的隨從，帶走了她的孩子。

腦海一片空白的她，輕嘯一聲，化為鳶的真身，一路狂飛到梧桐林，身上還滴著血。當時她什麼都沒想，只記得要跟孩子的爹交代。

剛好換班的鷹揚只沉默的聽完，說，「小鳶兒，去絆住共主兩個時辰。不管用什麼方法……除了上床以外。總之，不要讓他想到叫我。」

「你要做什麼？」紫鳶淚眼婆娑的扯住他，已經恢復人身的她非常狼狽而可憐。

「把咱們孩子追回來。」他用力擁了擁紫鳶，力氣大得幾乎擠裂她的肋骨，「小事。」

紫鳶憂心忡忡的走去找白鳳，簡直把白鳳嚇死。她心不在焉的應酬白鳳，心亂如麻，但把白鳳絆住，遵守鷹揚的交代。

但她沒應酬很久，一個多時辰，就觸到鷹揚的神識召喚，藉口去洗手間，她衝了出去，鷹揚將還在沉睡的寶寶塞到她懷裡，而鷹揚卻全身浸濡在濃重的血腥之氣。

抱著孩子又哭又笑，紫鳶頻頻親吻。鷹揚默默的看著，心底柔軟。但另一種狂暴的戾氣緩緩上升。危害他的妻兒，必須從根源處拔除。何況那人還意圖染指過紫鳶。

「你要緊嗎？」紫鳶回過神來，摸索他身上有無傷口，卻只覺得嗆人血腥。「……你是殺多少人啊？」

「不多。」鷹揚垂下眼簾，掩蓋強烈的戾氣，「再去拖住共主兩個時辰。同樣的，除了上床以外。」

說完就舉翅遠颺，他逼供還是滿有一套的……只是紫鳶不知道。

等他帶著狐皮回來時，白鳳終於知道鷹揚無旨私出的事情，令人把鷹揚拖下去，打斷了十幾根的軍棍。鷹揚一聲都沒吭，沉默的接受了所有的處罰。

紫鳶也沒說話，甚至看都沒看白鳳一眼。抱著孩子，看著被打到皮開肉綻的那個男人。白鳳對她又吼又叫，她也像是沒有聽到。

國有國法，家有家規，她懂。鷹揚是他的侍衛，他的部下，他愛怎麼整就可以怎麼整，她無話可說。

但紫鳶卻不是白鳳的任何人。甚至也不能阻止紫鳶走入大牢，替鷹揚療傷。

「看起來可怕而已。」鷹揚淡淡的，「小事。」

「……我錯了。」紫鳶掉下眼淚。不管是任性的選他生孩子，還是慌張的找他想辦法，從頭到尾，她都錯了。

「那就錯多點。」鷹揚彎了彎嘴角，「我的命和自由都屬於共主。除了妳和孩子，這世問我什麼都沒有。」

紫鳶抱著孩子偎進他的懷裡，哭個不停。

「不要後悔，小鳶兒。」鷹揚抱緊他的妻兒，「妳不可以後悔，將錯就錯吧。」他的聲音轉冷，「放心，再沒有人敢打你們主意了。」

他說得很對。

* * *

白曇是被抬回去的。

她的傷勢比想像中的嚴重多了，副作用也強烈得可怕。她已經很久沒有這樣生死相搏，朔陽的實力講坦白話跟她真的相差不遠。

只是她比較堅忍，比較冷靜，能夠用小挫敗換取優勢。她就是很了解小師妹的能耐，所以才能耐著性子周旋到底。

不過，她的身體雖說到形神合一了，離徹底化人還有很長的距離，魂魄依舊有著粗厚扭曲的傷疤。爆發所有真氣以後，她連止血的能力都沒有，虛弱發寒的淌著血，不斷發抖。

阿藍和二師姐卻有太多的事情要辦，顧不到她，只好送信給北山，讓他們差人來接。

谷熾親自來了，暴躁得立刻捏碎了半邊病床，差點讓昏睡的白曇跌下。咬牙切齒的抱著她，百思不解為什麼只是回趟娘家，就差點陰陽兩隔。

二師姐蕾央細聲細氣的說明前因後果。阿藍得到紫鳶無事的訊息，已經先奔赴南洋蛟國了。谷熾越聽神情越陰晴不定，抱著昏睡的白曇沉默。

「蕾央大人，此事牽涉甚廣。」谷熾用他冰冷嚴肅的聲音說，「白曇也需要人照顧，不如您與公子一起隨我回北山吧。」

蕾央輕笑一聲，「謝過谷熾殿下了。」她淡淡的，「縹緲峰也得有人看家，傳遞情報。我們這種人家，外面殺是殺不死的……」她冷笑，「這次如此狼狽，就是從裡頭開始自己殺自己。我有計較，您也去做您該做的吧。」

「要變天了。」谷熾沒再客套，抱著白曇就急速飛回北山。

等清醒過來，眼睛才睜開就挨了谷熾的痛罵。「猛獅搏兔，必盡全力？妳是不長腦子的獅子嗎？」

「……朔陽可不是小白兔。」白曇悶悶的回答，虛弱寒冷的窩在谷熾的懷裡。

「妳還有話了妳！」谷熾還要罵，白曇小聲的咕噥，「你就直說怕我真的死了會怎樣？」

谷熾被噎得臉色發青，好一會兒才緩過氣，威脅似的輕抓她的頭髮，搖了搖，很是挫敗的說，「對！妳說的對！妳就不能消停些，別再折磨我……」

白曇疲倦的輕嘆一聲，「覆巢之下，焉有完卵？」

谷熾不講話了，只是擁緊她，小心翼翼的注入小量的狐火，試著將她幾乎結冰的身體烘暖回來。偎在他懷裡的白曇瞧不見，他的表情越發猙獰、忿恨。

很久很久以後，北山狐攻破青丘之國，手段殘酷，遇城不降即屠。待九尾狐王族投降，谷熾燒宮毀陵，削王族的名號，降王為侯，名為「亡國侯」，極盡侮辱之能事。這是首宗靈獸跌下至高無上的地位，震動了整個妖界。

不能說不是始於此時此刻強烈的憤怒與報復。

且不提谷熾暗暗記下這筆血腥的帳，白曇養病大半個月，妖界的局勢已經在一種熱油下沸騰的臨界點了。

九尾狐儲君夜玄和王妃朔陽雙雙失蹤，南洋蛟國公主燦火被不明刺客重傷殆死，醫君已死和門人爭鬥白熱化的謠言已經沸沸揚揚。各國的摩擦越來越激烈，刺殺與血腥越盛，妖界久習的和平漸漸蒙上陰影。

谷熾也越來越不見笑容，整天緊繃著臉忙得要命。但一刻都不讓白雲離開。白雲根本就是躺在議事殿谷熾背後的榻上，哼一聲都能賺他一個轉頭。

尋常國事都不避著她，只有情報部傳來的某些消息，才會讓他和谷炫鬼鬼祟祟的外出商議。

白雲有些知覺，但也沒問。她現在的身體每個地方都疼痛不已，輾轉都幾乎忍不住呻吟。這種身體狀況只是添亂，等她全好了再去嚴刑拷打，總問得出來的。

但等她好了七、八成，幾乎以議事殿為家的谷熾淡淡的問，「拿得起劍不？」

「我用鞭子。」白雲沒好氣的說。

他輕笑了一下，「本事了，能鬥嘴。」他把白雲抱在懷裡，一一說明他所掌管的軍事和外交，甚至把隸屬於軍事之下的情報部令牌交給她。

白曇揚眼看他，逼視著。谷熾沒理她，慎重的遞了把樸實無華的匕首，「妳搬去跟黛兒她們住。內政妳不用費心管……她們都很熟悉了。黛兒的孩子才七歲，妳們要多費心。當個國母，黛兒是有資格的，但失之無情暴虐。她若殘殺家人，勾結外戚，妳就解決了她。沒妳這龍頭，她還真能篡天了。」

白曇沒有接，「……你不覺得該跟我說清楚嗎？」

「我們若回得來，我就會說。」谷熾坦然，「我、谷炫，和我爹。」

「……谷熾！」白曇吼了出來。

「啊，我喜歡妳叫我名字。」谷熾表情柔和下來，拉著她的手，將匕首放上去，一根根的讓她握住。「這件事情，有於公的部分，也有於私的部分。公了後果太嚴重，只能私了了。我們若回得來，怎麼說都可以。若回不來，一族孤兒寡母，不知道是最好的。」

白曇咬牙，恨不得拔刀戳他幾下。

「白曇，」谷熾認真的看著她，「於公於私，我都得去。我是妳的丈夫，是妖界北山狐長皇子。我很抱歉，我最愛的，不是妳。我最愛的還是北山。我把我的最愛託付給妳……把我的家人，都託給妳。是生是死，我心底只有妳一個人，妳要記住。」

好一會兒，白曇虛弱的說，「我不在乎榮辱。」

「我在乎，非常在乎。」谷熾嘆氣，「有這個機會，我就不想再隱忍。我承認，我公私不分。我會這樣沸騰，不阻止老爹和谷炫，就是沒辦法放棄這個機會。」

白曇沒再說話，握緊匕首，低下頭。

「吻我吧，白曇。」谷熾抬起她的下巴，目光灼灼的看著她，「我們不要浪費時間。」

白曇撲上去抱住他的脖子，一遍遍的吻他，像是沒有明天。

事實上，他們也的確明天就要離開了。她感覺到非常悲哀。即使碰觸不到情報，她也隱隱知道，在這一切混亂中，有股不懷好意的勢力正在興風作浪。燦火吃力送來的幾句鏡信隱隱指向她的宿敵和更大的陰謀。

資格競逐權勢。

這是屬於妖界的帝王學。

白曇從沒仔細想過，原來醫君是用這種嚴酷的規格養育她。她只是覺得不平，為什麼她需要念的書、練的功、受的要求都遠遠超過她所有的師姊妹。

只餘女人的北山順利的運作下去，在這風雲日益詭譎的時代。黛兒依舊怕她，充滿戒備。

但白曇讓出所有權力，像是自曝咽喉。她們甚至很少有什麼衝突，白曇只堅持過一次意見：裂地狐侵略引國狼時，白曇支持引國狼，強烈譴責和北山同族的裂地狐。

十四妃都不了解，而且憤怒。但白曇很冷靜的剖析，把情報部的資料公開拿出來跟她們討論。

北山狐小國寡民，將領不眾，與裂地狐交壞絕對是等死。引國狼若滅，下個倒楣鬼絕對是北山狐，唇亡齒寒。

北山狐借兵給引國，讓引國狼又驚又喜又狐疑，但裂地狐卻氣憤的要將議程提到共主九尾狐那兒討個說法。白曇孤身去了裂地，獨自見了裂地狐王。誰也不知道發生什麼事情，裂地狐王以「一切都是誤會」，還對引國提交正式道歉。

說穿了也沒什麼。白曇想。拳頭大還是滿有用的。裂地狐的高手也太廢柴了，就算想用數量補足質量，也得考慮能不能補滿。而且谷熾說得沒錯，猛獅搏兔不用盡全力。真氣寶貴，毒藥卻可量產。雖然不到阿藍的地步，三、五成總有的。

其他邊境衝突、刺客暗殺、收買投毒、軍隊訓練、外交往來，都是能處理的小事。只沒想到，原來谷熾是這樣忙碌。

他們都是疑心病很重的人，不放心交權，所以事必躬親。他們是真正愛著自己國土、自己族民的王者。愛得那樣不放心，戰戰兢兢。谷熾居然捨得在外耗了十幾年，只是想要喚回她。居然捨得把最珍貴、最呵護的北山，轉託到她手底。

這比谷熾說千萬句「我愛妳」還刻骨銘心。

其實，我愛你。白曇默默的想著。就算你從此不回來了，我也會無怨無悔的扛下北山，等著黛兒的孩子長大，等著交給他，然後默默守護，直到我死。

因為我愛你，非常愛你。為了你，我才意識到我是北山王妃，甘願當北山王妃。願意忍受孤獨和寂寞，願意等待，再次裂心碎魂也在所不惜。即使每過一天我就絕望一點。但我絕對不願用別人給予的甜蜜，換取一絲一毫這種強酸腐蝕般的巨慟。

但一直到她見到遍體鱗傷，咽喉對穿一個大洞，連話都說不出來的谷熾，她才知道，她壓抑了多少痛苦和幾乎發狂的相思。

那一天，夕陽如血的傍晚。三個幾乎不成人形的北山狐王室，帶著憔悴的醫君，歸返妖界。

這一天暫時冷卻了妖界的動盪，而把戰爭推遲若干時光。

雖然只推遲幾十年而已。

第十二章

三個傷患和一個憔悴的「少女」歸來，有段時間非常雞飛狗跳。

根本沒辦法詢問詳情，也沒人想得起要問。男人們回來已經足夠告謝天地三百次了，誰管他們做什麼去。

谷炫傷得輕些，她還沒機會跟他講到話，已經讓黛兒那群妻妾擁進內室了。師傅只對她疲憊的點點頭，扶著狐王去了錦巒殿。

至於谷熾，已經安排回寒竹軒了。

他傷得很重，身上多處燒傷、刀傷、箭傷、法術傷，密密麻麻，而且損傷到內丹，讓他時不時就無力保持人形，恢復真身……說直白點就是被打回原形。

但最重的是咽喉那一刀洞穿。若不是險之又險的避開了大動脈和經脈，早就死透了。但這刀蘊含強大真氣的刀傷非常難癒合，時時出血，而且讓他啞了。

不過谷熾的脾氣依舊很壞。拒絕任何人碰他，除了白曇。他無言卻霸道的索取擁抱和吻，不管他嘴裡有傷口。

白曇一點都不介意，非常溫順。連看公文都擁著他，或讓他躺在腿上，片刻不離。

已經比她想像的好很多了。她怕連屍體都看不到，居然還能大部分完好的回到她身邊。她都作好當寡婦的準備了，沒想到還能全身而退。

但她代管著情報部，漸漸的也彙總了一個模糊的狀況，讓之後谷熾痊癒後簡單說明時，容易拼湊出比較完整的面貌。

若先述說結果，就是天界二十八宿，當中又稱「星日馬」的星宿，八名星官和所屬天軍全滅。當中包括了軒轅和御女。

但這件應該讓天界討伐兇手，甚至引起兩界摩擦的兇案，卻沉寂下來，沒什麼追究。

谷熾等人說得很淡然，白曇默默組織了一下，心底有絲明悟。公孫軒轅是前任中天上帝，直到和玉皇爭鬥落敗，才封禁成了星官。天帝到星官，多麼大的落差。

星宿原本就都是他的舊部，御女更是他最寵愛的寵妃。他默默隱忍許多年，漸漸收服了二十八宿，想要跟玉皇對著幹，底子太單薄。想要獨占一界或一道，武力又不足。

但醫君的日漸衰弱給了他希望。他勾結冥道，對妖界試圖性的騷擾和手段，就是想要鯨吞蠶食……

如果能得到醫君的元神，憑他解禁後的實力，武力上就足以控制妖界……甚至有機會將來反吞掉冥道。

他一直小心翼翼，隱忍的，一步步執行計畫。他知道會有許多挫敗，但那些挫敗是種騷擾，鬆動痲痺安逸太多年的妖界。每失敗一次，他就距離成功近一點。

他只做錯了一件事情。

為了得到更多醫君的資料，他去接近剛成仙不久的白曇，被她狂野的火烈灼燒，愛極恨深。

是他逼迫懦弱的沐鱗假意要和白曇私奔，而後告發她。是他親自毀了白曇的臉，卻發現就算挫骨揚灰也沒辦法熄滅她的火焰。是他把白曇交給忌妒得要發狂的御女。

但也因為這個意外，讓醫君警覺了。更因為這個意外，讓谷熾不依不撓，不顧生死的咬著他不放，讓他壯志未酬身先死。

至於戰況有多慘烈，沒有人願意告訴她。谷炫談到總是面容大變，只咕噥著他老哥是個有暴力傾向的瘋子，不用湯匙無法收屍。

師傅也不願意告訴她太多，卻願意告訴她另一個更驚人的祕密。

那天，谷熾好不容易睡熟了，醫君把她叫出軒外。靜靜的解開臉上的面紗。

她的師傅已經面臨散功解體，僅餘百年時光。也是到了這一天，白曇才知道，她師傅的容貌除了歲月，還有修煉神訣的影響，並不是生來如木乃伊的。

此刻在月下的醫君，恢復到她修煉之初，少女時代的容貌，骨小體輕，五尺左右，面容含笑沉靜。

非常的美，卻非常熟悉。和白曇一般無二，沒有絲毫差別。

嗡的一聲，白曇像是挨了記暴雷。她突然明白了，為什麼她會是個孤兒。原本她就無父也無母，根本不是父母所生。也明白了為什麼師傅會教她奪舍訣。

醫君輕輕嘆息，「我一生只有一次起過惡念，為此永遠懊悔不已。」

「師傅。」白曇淚流，「我的一切都屬於您。可您為什麼……為什麼不動手……」

「白曇，別增加我的罪孽。」醫君愴然，「雖然妳是我一滴血所化，但妳落地就有了自己的魂魄和意識，我根本不該起那種邪惡的念頭。妳只屬於妳自己，妳要記住。」

妖界，是醫君的「作品」。

這個依附在人間而開創的世界，是初為地仙的她，開闢出來準備當隱居修煉的地方。她在勤苦修煉時，唯一的娛樂，就是看著妖界緩緩的發展、茁壯，注視著諸妖族愛恨怨瞋，哭哭笑笑。

漸漸的，懷著一股柔情，和淡淡的愴然。

其實，按規矩說，她只能看著。就因為妖界是她所創，所以她註定和自己的創造物沒有交集。但看多了，看久了，一種陌生的情緒湧上心頭。

她感到很孤寂。

眾生喧譁熱鬧、轟隆隆的過著自己執迷不悟的一生。互相碰撞出燦然火星。但她在這樣繁華得不堪聞問的熱烈中，卻顯得那樣孤獨，格格不入。

第一次對妖族開口，她就知道完了。她永遠無法突破這層的境界。但她又覺得很滿足，修不上去就罷了吧。修上去要做什麼？

他們的問題，都很簡單。他們的心思，都令人憐愛。小小的愛恨怨憎，小小的貪念和妒意，遮著眼睛說自己早看透一切，摀著耳朵說自己沒有什麼不曾聽聞。

呵護著這個世界和這些孩子，她曾經以為，自己可以平靜面對，違反了禁忌，終將面臨死亡的結局。

因為不放心，所以收徒，希望能夠替這心愛了一生的世界尋找幾個「保姆」。但她的失落越來越深，也越來越覺得捨不下。孩子們見到她，總是很害怕，眼中有著厭惡和憐憫，讓她很難過。

她想活下去，繼續看顧自己的世界。她想恢復舊時容貌，希望別再讓孩子們害怕，希望他們眼中出現的是傾慕而不是恐怖。

她知道自己已墜情沼魔障，卻毫無辦法。看了太多悲歡離合，終於將無塵的心染了。

活了那麼長久的時間，她終於違背自己的良知，在某個瓊花盛開的夜裡，刺出自己的一滴血，創造了一個孩子。沒有任何載體可以承受她沉重的魂魄，也只有自己血肉所造的「人」。

那是一個嬰兒，小小的面孔染著月色，像是孤靜自開的白曇，芳華只有剎那。眼睛緩緩睜開，凝視著她，綻放了一個無邪而純淨的笑。

她清醒過來，並且非常非常懊悔。漫長一生，她未曾有愧於心，卻險些鑄成大錯。

她將一個無辜的生命帶來這個世界，轉著邪惡污穢的念頭，差點殺害了一個什麼罪惡都沒有的人。

那個時刻，她平靜的接受了死亡和一無所成的終局，卻常常懷著內疚和自責的情感。將那個孩子慢慢養大，她漸漸明白了許多事情。

不管是世界還是孩子，終歸有一天她必須放手，不管是多麼不放心。她只能一點一滴慢慢的鬆手，不然世界不能獨立，孩子不能學會走、學會跑。

「本來我還可以撐個萬年。」醫君神情平和淡然，「可我犯了更嚴重的錯誤。我對谷仲，動心了。」

不管怎麼躲避驚慌，她犯了最後、最嚴重的禁忌。和自己所創的世界後代，產生了太深的交集。

「有很多方法可以避免，但我不想。」醫君輕輕笑了一聲，「我動心那一刻註定加速死亡的流程。我不想讓他傷心……但我只想在生命最後的幾千年，還能有點什麼可以回味。只我沒想到……他會這麼堅持。」

她美麗的臉，透露出一絲惆悵。

「我不見他，他居然耗了修行，硬闖進我的夢境。我終於全面失守，承認我是愛著的。但我也快不行了。為了延命，我去修羅道採兩生花。」她轉嘲諷，「沒想到小小的星官早就守株待兔……所有的兩生花都被拔除、滅絕了。」

蒐羅三界六道，再也沒有一株兩生花。她的命運，已經註定。

事已至此，她反而坦然明悟。漫長的歲月，真能想起來的，竟是與徒兒們在縹緲峰的歲月，谷仲頎長的身影。

她自許聰明練達，世事無所不知，事實上愚笨至極。蒼白的歲月延續得再長，都比不了那寥寥短暫卻鮮豔的數筆剎那。

騰，簡直要逼他發狂，趁他無力抵抗的時候！

他真有點後悔了。等傷好了，一定要把主導權緊緊抓在手上，可不希望永遠「夫綱不振」，不然他一定會沉淪到底。

說不定，早就沉淪了。當白曇喘著躺在他身邊，愛惜的抱在懷裡時，他突然覺得，不用太計較。什麼都不要想，什麼都不要管。只沉溺在她淡淡的芳香中，像是窗外悄悄綻放的瓊曇。

所謂的永遠，是無數剎那的組合。

這個剎那接著下個剎那。在白曇柔軟的臂彎中，他想。守住每個剎那，說不定永遠就不是太遠。

「跟妳沒完。」谷熾嘶啞無聲的說。

白曇輕輕吻他的唇，和咽喉扭曲傷疤的周圍，「好，就沒完。」

嗅聞她髮間的香氣，初聞似瓊曇，後味卻有梔子花的味道。往事如潮，橫越多少艱困才到這一步。心靈的，生死的。過去的，未來的。

「……有一個男孩，」谷熾幾乎無聲的輕輕念著，「愛著那個女孩。」

白雲的眼淚跌碎在他的胸口，卻完全沒有絲毫悲傷。

（本文完）

番外篇之一　鷹兮揚兮，鳶共翺兮

她叫紫鳶，是醫君第一個弟子。每年八月，就會到梧桐林來。而八月，是鷹揚的心情莫名最好的時候。

他不承認是因為紫鳶的關係。不可能的。這女人身分這樣崇高，個性卻這樣惡劣。在她身上，別想看到一絲女子的氣質，更沒有半點醫君門下首徒的矜持。

沒有她不敢說的事情，視禮俗為無物。就敢把手臂、肩膀、細腰都露出來，穿得像是個飛仙。

「阿鷹，想不想我？」她擠眉弄眼。

鷹揚守禮的垂下眼簾不語，梧桐林共主白鳳不滿的說，「紫鳶，別調戲我的侍衛……要調戲也調戲我。」

「我對你沒興趣。」紫鳶很乾脆的說，「白鳳你這娘娘腔。」

姿容俊美的白鳳跳了起來，「紫鳶妳又侮辱我！妳再侮辱我，我就不讓鷹揚隨侍！」

「那正好。」紫鳶轉頭，「阿鷹，來我們縹緲峰吧，待遇是梧桐林的五倍。」

「妳這女人！當我的面挖角！還挖我武藝最卓越的侍衛！妳別想，別想！鷹揚生是梧桐林的人，死是梧桐林的鬼！」

白鳳，他侍奉的共主，所有鳥族的王，非常喜歡紫鳶，他知道。聽說九尾狐儲君夜玄，也追求紫鳶很久。來往無白丁，非王即貴。

他知道自己的身分，從來沒有無禮直視過她。但很熟悉她的背影，一言一行。

或許這生就是這樣了。遠遠的看著她，隨在白鳳的身後，看她與白鳳並肩而行。等著某天，她嫁給九尾狐儲君，或者梧桐林共主……不然就是三十一國的哪個國君。永遠沒有交集。

他從來沒有想到，紫鳶會不期而至，到他獨居的陋室。

「阿鷹，你也是少昊遺民。」紫鳶微笑，「我們血緣還滿近的……遠親呢。」

「紫鳶大人，」他的聲音渾厚低沉，「妳似乎不該在這兒。」

「那你把我趕出去好了。」她蠻不在乎的坐在床上，「這是你家。」

怎麼可能。是夢也沒關係，只有他們倆，離得這樣近，沒有別人。默然的，他遞了一杯水給她，侍立在一旁。

「我不是你的老闆。」紫鳶拍拍床畔，「我有事找你商量。」

她說，她願意醫治鷹揚的母親，但她想要個孩子，希望鷹揚可以成全她。

母親？鷹揚有些譏諷的彎了彎嘴角，挨著她坐下。他的母親早已改嫁，不知道幾千年沒見到了。基本上，他是在軍營裡養大的，梧桐林的軍隊才是他的父母。

「白鳳共主的血緣也與妳很接近。」鷹揚淡漠的說。

「我不喜歡小白臉和娘娘腔。」紫鳶很認真的說。

「……紫鳶大人，請慎重。」鷹揚的聲音剛硬起來，「將來妳若成親，這孩子的處境極為尷尬。抱歉，我必須拒絕。」他起身拉開門。

「我不成親。」紫鳶注視著他，「我誰也不嫁，更不會給你帶來任何麻煩。」

沉默了一會兒，他將門關上，轉身看著她，「妳找了誰？」

「就你呀。」紫鳶笑，「我希望孩子的爹是個讓我能景仰的英雄豪傑。」

他猛然注視著紫鳶，琥珀般的瞳孔微微縮了縮，鷹類獵食前的習慣。嬌養太久了，這隻小鳶。嬌養到缺乏警覺危險的本性。

抱臂靠在門上，「我可以不娶，但我要看孩子。每個月我的休沐是初一到初六，有沒有孩子，妳都必須來。」

「啊？」紫鳶張大眼睛。這借種的代價似乎也太昂貴了吧？

「妳可以考慮。」他倏然逼近，蠻橫的吻了她。無情蹂躪了她嬌嫩的唇舌，在她耳畔危險的低語，「我不是他媽的英雄豪傑。我是掠奪的鷹……小鳶兒。」

她狼狽的奪門而出，慌到恢復真身疾飛而去。速度太慢，他一個展翅就能追上。如果這樣就嚇跑了……他的夢就真正的結束了。

無人可共翱翔。

但在星月皆無的朔夜，紫鳶倜促的回來，坐在他的床上，說，「好。」

他的夢想走入現實，落到他手上，一個叫做紫鳶的女子。剝離身分和一切，不過就是鷹和鳶，共翱翔。

＊　＊　＊

「紫鳶和你一起？」白鳳共主突然問。

「回陛下，是。」鷹揚不卑不亢的回答。

他挨了白鳳一記重拳，在臉上。動也沒有動，甚至沒有擦唇角的血。

「除非死，你別想離開梧桐林。」白鳳怒喝，「也不用想紫鳶會有長性兒，她不過是玩玩！」

「回陛下，除非您恩准，不然我不會離開梧桐林。」他平靜的說。

至於紫鳶有沒有長性，是不是玩玩……即使貴為梧桐林共主，也不是他該關心和控制的範圍。那是鷹揚的問題，不會是其他人的。他有信心，紫鳶一定會朝他飛來。

鷹兮揚兮，鳶共翱兮。

僵持片刻，麗人面色稍緩，「醫君六徒藍大人？」聲音清亮，又似少年，又似少女。

阿藍凝神想了想，失笑，「見過少主殿下。」

像是證實她的猜測般，麗人微微頷首，杏形的眼睛朝她偏了偏，「醫君門下，果然無凡庸之徒。請。」

語音未歇，人影已經不見。

阿藍在心底吹了聲口哨。好俊的功夫。這不是法術，而是單純的身法。但是生什麼病？就她所見所聞，這位少主大人非常健康啊……

她滿腹疑問的回到別院，太史令已經急得團團轉了。

直到現在，她才能好好的看診。一面把脈，一面聽著御醫嘮嘮叨叨著少主幼年中毒後的諸般療程和藥方，越聽越無言。從頭到尾，這位名為巴翎的少主都面無表情，美麗的臉孔像是個面具。

她開始同情這個倒楣到極點的美麗少主了。

說實在，她很想說實話。御醫先生，不要再說少主身體虛弱了。他實在健康頑強得很，沒中毒的人讓你白解毒了上百年居然沒怎樣，已經很剽悍了。

但她很怕說了實話，結果老御醫引咎自殺。

她咳了兩聲，「這個……我得請少主恕我無禮。可否寬衣？」

結果一票老臣加上宮女侍衛，一起湧上來磕頭哭叫，像是她提議要強暴他們少主一樣。

「都退下吧。」巴翎淡淡的，「諱疾忌醫，請藍大人來作什麼？」

這少主雖然人長得柔弱，卻頗有威嚴。他才說話，所有的人立刻倒退著退出去，一聲也不敢吭。

等人都退出去了，巴翎淡然的看著阿藍，「要寬到什麼程度？」

但阿藍沒忽略他悄悄握拳的舉動。這時候，她開始有些喜歡這個倔強的少主了。「寬到我足以詳細診斷的程度。」她冷靜的說。

他默默的脫掉所有的衣服，不著寸縷。

阿藍仔細診斷之後，向赤裸的巴翎一揖，「少主，請更衣吧。」然後背過身讓他把衣服穿好。

「少主，您的毒早就解了。」背著他，阿藍說。

「我知道，所以藥我都沒喝。」巴翎的聲音很冷淡，「那是什麼緣故？咀咒？」

難怪還可以健康活潑的長大。阿藍想。「也不是。您既沒有中毒，也沒有生病……」阿藍斟酌著，「跟您幼年中的毒可能有點關係，最少起催化作用。」

「轉過身來。」巴翎說，即使語氣淡然，還是有絲緊繃，「我想當面聽到宣判。」

阿藍轉過身，看著巴翎。他外表可能柔弱，但內心卻壓抑著怒氣和高傲。

「少主，您這是返祖現象。」她盡量和緩的說，「可能是因為毒藥的刺激，讓你恢復到巴蛇始祖的最初形態……雌雄同體。」

握著一杯熱茶，巴翎的臉孔褪到一絲血色也無，「能恢復嗎？」

可以的話，真不願意讓他失望。

但阿藍還是說了實話，「不可能。就算我師傅來……也不可能。」

巴翎沒有一絲表情，卻捏碎了手裡的茶杯，鮮血淋漓。阿藍默默看了他一會兒，拉過他的手，挑出碎片、上藥。

他卻沒有半點反應。事實上，聽過最後的宣判，巴翎就不飲、不食、不寐，服侍他的老臣和從人都快自縊殉主了。

「巴蛇三天不吃不喝哪會死？」被哭得很煩的阿藍無奈，「起碼也要三年。」

但太史令把鼻涕眼淚都塗在她袖子上，說什麼也不讓她離開。

這又不是病，更不是毒，而是遺傳。她能有什麼辦法？

不過她真耐不過這些鼻涕蟲，萬般無奈的去看絕望的少主。她本來就個性孤僻，不太和人來往，更擠不出什麼安慰的話。乾癟的胡亂勸慰幾句，她先不耐煩了，「何必這樣？又不是世界末日。何況你不管當男人還是女人都功能良好。」

一直毫無反應的少主，突然迅如疾電朝她咽喉一刺，若不是阿藍和白曇餵招餵得熟練，硬生生的躲開，就不是肩膀擦破，而是喉嚨開了個洞了。

她不禁置了氣，摸出筷子粗的針，戳向他的眉間。若不是那票巴族老臣太煩，她就乾脆下毒了。

少主也是身手敏捷，險險避開，擦破了髮鬢。

「我是男人！」他吼了出來，「我是男人啊！」

「那就是男人好了，你又沒欠什麼零件……有什麼好要死不活的？」阿藍皺眉。

「妳……」他氣得哆嗦，一站起來，卻覺得肚子像是被刺了幾刀，然後強烈絞痛，猝不及防的讓他縮成一團，倒在地上。

阿藍皺眉，「你要這種心計也是無用的……」卻聞到淡淡的血腥味，不同於鮮血。這才發現，他身下有灘污血。

「……你月信來了？」阿藍碰碰的在他身上大穴打了幾下，讓他痛得不那麼厲害。一個人擁有兩個性別負擔實在太大，「別緊張……我讓人準備該用的東西……」

「不！」巴翎一把抓住她，「求求妳不要！不要告訴任何人……拜託！」他忍得滿頭大汗，眼淚幾乎奪眶而出，「絕對不！不要讓人知道！巴蛇王族只剩下我了……不能讓任何人拿王族當笑柄…」

「月信算什麼笑柄？」阿藍罵了一聲，非常氣悶，「你終生都會有。」

巴翎發出了一聲極度壓抑的嗚咽。

「……我什麼不好當，當什麼醫生。早知道去當個禮官多好。」阿藍咕噥著，吃力攙起巴翎，「我先帶你去洗洗，其他的我教你吧！」

比起正常的女人，巴翎出血太多。向來怕麻煩的阿藍氣悶的當起護士，陪著無法動彈，宛如死灰的巴翎。

「我真不懂你幹嘛這麼難過。」她搖頭，「你什麼都沒少。」

巴翎的臉更蒼白了。「……能不能割掉？」

國家圖書館出版品預行編目資料

瓊曇剎那 / 蝴蝶著. -- 初版.
-- 新北市板橋區：雅書堂文化, 2010.08
面； 公分. -- (蝴蝶館；41)
ISBN 978-986-6277-32-0(平裝)

857.7 99013148

蝴蝶館 41

瓊曇剎那

作　　者／蝴　蝶
發 行 人／詹慶和
總 編 輯／蔡麗玲
資深編輯／林陳萍
編　　輯／蔡竺玲・方嘉鈴
封面設計／斐類設計
美術編輯／林佩樺

出版者／雅書堂文化事業有限公司
郵政劃撥帳號／18225950
戶名／雅書堂文化事業有限公司
地址／新北市板橋區板新路206號3樓
電子信箱／elegant.books@msa.hinet.net
電話／(02)8952-4078
傳真／(02)8952-4084

2010年8月初版一刷　2013年12月初版八刷　定價220元

總經銷／朝日文化事業有限公司
進退貨地址／新北市中和區橋安街15巷1號7樓
電話／（02）2249-7714　傳真／（02）2249-8715
星馬地區總代理：諾文文化事業私人有限公司
新加坡／Novum Organum Publishing House (Pte) Ltd.
20 Old Toh Tuck Road, Singapore 597655.
TEL： 65-6462-6141　FAX：65-6469-4043
馬來西亞／Novum Organum Publishing House (M) Sdn. Bhd.
No. 8, Jalan 7/118B, Desa Tun Razak, 56000 Kuala Lumpur, Malaysia
TEL：603-9179-6333　FAX：603-9179-6060

蝴蝶
Seba

蝴蝶

Seba

蝴蝶 Seba

蝴蝶
Seba